Marguerite Yourcenar war 33 Jahre alt, als sie 1936 den Prosa-band ›Feux‹ (›Feuer‹) veröffentlichte. Es war die Zeit ihrer un-erfüllten Liebesbeziehung zu André Fraigneau, ihrem Lektor im Verlag Grasset. ›Feuer‹ umkreist das Thema der totalen Liebe, die wie eine Krankheit wirkt und die von ihr Befallenen fast in den Tod zwingt, auf verschiedenen Ebenen, immer jedoch unter dem Vorzeichen schicksalhafter Ausweglosigkeit; jener ekstasischen Hingabe, die bis zur Auslösung des Selbst führt. Dabei bedient sich Marguerite Yourcenar, wohl um zur eigenen dramatischen Liebesverstrickung Distanz zu schaffen, klassischer Liebestragö-dien von Frauen und Männergestalten aus der antiken Mytholo-gie. Wie etwa Phädra und Sappho, Antigone und Klytämnestra, Phaidon und Achilles. Sie erzählt in neun *poèmes en prose* von Lüge und Verzweiflung, von Taumel und Selbstmord, von Schicksal und Verbrechen – und enthüllt dabei ihr eigenes Herz.

Marguerite Yourcenar, 1903 in Brüssel geboren, wuchs in Frank-reich auf. 1939 zog sie in die Vereinigten Staaten, wo sie bis zu ihrem Tod 1987 lebte. Berühmt wurde sie mit den ›Mémoires d'Hadrien‹ (1951), die 1953 unter dem Titel ›Ich zähmte die Wöl-fin‹ auf deutsch erschienen; sie machte sich auch einen Namen als Übersetzerin (V. Woolf, H. James). 1981 wurde sie als erste Frau in die Académie Française gewählt.

Von Marguerite Yourcenar außerdem im Fischer Taschenbuch-Programm: ›Gedenkbilder‹ (Bd. 5472), ›Lebensquellen‹ (Bd. 5473), ›Mishima oder die Vision der Leere‹ (Bd. 5474), ›Der Fangschuß‹ (Bd. 5475), ›Eine Münze in neun Händen‹ (Bd. 5476), ›Alexis oder der vergebliche Kampf‹ (Bd. 10071), ›Die schwarze Flamme‹ (Bd. 10072), ›Liebesläufe‹ (Bd. 10499), ›Che-nonceaux‹ (Bd. 12922) und ›Das blaue Märchen und andere Ge-schichten‹ (Bd. 13083).

Marguerite Yourcenar

Feuer

Aus dem Französischen von
Rolf und Hedda Soellner

Fischer Taschenbuch Verlag

Für Hermes

Veröffentlicht im Fischer Taschenbuch Verlag GmbH,
Frankfurt am Main, Juli 1998

Lizenzausgabe mit freundlicher Genehmigung des
Carl Hanser Verlags, München Wien
Die französische Originalausgabe erschien 1974
unter dem Titel ›Feux‹
bei Éditions Gallimard, Paris
© Marguerite Yourcenar und Éditions Gallimard, 1974
Für die deutschsprachige Ausgabe:
© Carl Hanser Verlag, München Wien 1996
Druck und Bindung: Clausen & Bosse, Leck
Printed in Germany
ISBN 3-596-10073-9

Vorwort

Feuer ist genau gesagt kein Jugendwerk: Es wurde
1935 geschrieben; ich war zweiunddreißig Jahre
alt. Die Ausgabe von 1936 erschien 1957 in einer na-
hezu unveränderten Neuauflage. Auch der Text der
vorliegenden Ausgabe blieb unverändert.

Als Ausfluß einer leidenschaftlichen Erschütte-
rung präsentiert *Feuer* sich wie eine Sammlung von
Liebesgedichten oder, wenn man so will, wie eine
Reihe lyrischer Prosastücke, denen eine bestimmte
Auffassung der Liebe gemeinsam ist. Der Band bedarf daher keines Kommentars, denn die totale
Liebe, die sich ihrem Opfer zugleich wie eine Krankheit und eine Berufung aufzwingt, war zu allen
Zeiten eine Erfahrungstatsache und eines der abge-
droschensten Themen der Literatur. Man kann allenfalls darauf hinweisen, daß jede gelebte Liebe,
wie die, aus der dieses Buch entstand, sich in einer
ganz bestimmten Situation knüpft und löst, mit Hilfe
einer komplexen Mischung von Gefühlen und Gegebenheiten, die in einem Roman den Handlungsrah-
men bilden würden, und in einem Gedicht den Aus-

gangspunkt für das Lied. In *Feuer* drücken sich diese Gefühle und Gegebenheiten bald direkt, wenn auch sehr kryptisch in Form von einzelnen »Gedanken« aus, die zumeist Tagebuchnotizen waren, bald indirekt in Form von Erzählungen, die der Sage oder der Geschichte entnommen, und dazu bestimmt sind, dem Dichter als Stützen durch die Zeiten zu dienen.

Die mythologischen oder historischen Personen, die in diesen Erzählungen auftreten, gehören alle dem antiken Griechenland an, mit Ausnahme von Maria Magdalena, jener Gestalt der jüdisch-syrischen Welt, in der das Christentum Form angenommen hat, und die von den Malern der Renaissance und des Barock, welche in dieser Hinsicht vielleicht realistischer waren, als man glaubt, stets gern mit schönen klassischen Bauwerken, schönen Draperien und schönen Nackten ausgestattet wurde. Alle diese Erzählungen modernisieren, in verschiedenen Graden, die Vergangenheit, einige sind überdies von den Zwischenstationen inspiriert, die diese Mythen oder Sagen durchlaufen haben, ehe sie bis zu uns gelangten, so daß die eigentliche »Antike« in *Feuer* häufig nur eine kaum sichtbare Grundierung darstellt.

Phädra ist keineswegs die athenische Phädra; sie ist die glühend Schuldige, die wir von Racine übernommen haben. Achilles und Patroklos sind weniger nach Homer dargestellt, als nach den Dichtern, den Malern und Bildhauern, die ihre Werke zwischen dem homerischen Altertum und unserer Zeit

schufen; diese beiden, hier und dort mit den Farben des 20. Jahrhunderts angereicherten Erzählungen, münden im übrigen in eine alterslose Traum-
welt. Antigone ist so, wie die griechische Tragödie sie
auffaßt, jedoch von allen in *Feuer* enthaltenen Erzählungen, ist dieser Alptraum des Bürgerkriegs und
der Auflehnung gegen eine Willkürherrschaft vielleicht am meisten mit gegenwärtigen oder quasi vor-
ausschauenden Elementen versetzt. Die Geschichte
der Lena geht von dem wenigen aus, was man über
die Kurtisane dieses Namens weiß, die im Jahr 525
vor unserer Zeitrechnung an der Verschwörung des
Harmodios und des Aristogeiton beteiligt war, doch
das Lokalkolorit des modernen Griechenland und die
Obsession unserer gegenwärtigen Bürgerkriege über-
decken fast völlig den Urgrund des 6. Jahrhunderts.
Der Monolog Klytämnestras vermischt das homeri-
sche Mykene mit einem bäuerlichen Griechenland
aus der Zeit des griechisch-türkischen Konflikts von
1924 oder des Kampfes um die Dardanellen. Der Monolog des Phaidon geht von den Hinweisen aus, die
uns Diogenes von Laertes über die Jugend dieses So-
krates-Schülers überliefert hat; das nächtliche Athen
des Jahres 1935 überlagert darin das Athen der jeu-
nesse dorée der Zeit des Alkibiades. Die Geschichte
der Maria Magdalena stützt sich auf eine in der
Legenda aurea erwähnte (und übrigens vom Autor
dieser Sammlung von Heiligenlegenden als nicht
authentisch verworfene) Tradition, wonach die Hei-

lige die Verlobte des Heiligen Johannes gewesen sein soll, der sie verließ, um Jesus zu folgen; der in dieser Erzählung am Rande der apokryphen Evangelien geschilderte Vordere Orient, ist der Orient von vorgestern und von eh und je, doch die Metaphern und Doppeldeutigkeiten bringen hie und da moderne Anachronismen ins Spiel. Das Abenteuer der Sappho hält sich an die frei erfundene griechische Version vom Selbstmord der Dichterin wegen eines schönen Gefühllosen, aber diese Akrobatin Sappho gehört der internationalen Welt des Amüsierbetriebs der Zwischenkriegszeit an und die Affaire mit dem Transvestiten knüpft eher an die Shakespeareschen Komödien an als an die griechischen Stoffe. Eine sehr deutliche und absichtliche Doppelbelichtung mischt überall in *Feuer* die Vergangenheit mit der Gegenwart, die ihrerseits Vergangenheit geworden ist.

Jedes Buch trägt seinen Jahrgangsstempel, und das ist gut so. Diese Zeitbedingtheit eines Werks kommt auf zweierlei Art zustande: Einmal durch das spezifische Kolorit und Odeur der Epoche, von der das Leben des Autors mehr oder weniger geprägt ist, zum anderen – vor allem, wenn es sich um einen noch jungen Autor handelt – durch das verwickelte Zusammenspiel literarischer Einflüsse und der Abwehrreaktionen auf eben diese Einflüsse, und es ist nicht immer leicht, diese verschiedenen Formen der Beeinflussung voneinander zu unterscheiden. In

Phaidon oder der Taumel entdecke ich unschwer den Einfluß von Paul Valérys sinnlichem Humanismus, der hier mit seiner schönen Oberfläche eine Heftigkeit überdeckt, die Valéry fremd ist.* Die Aggressivität von *Feuer* ist eine bewußte oder unbewußte Reaktion auf Giraudoux, dessen geistreiches und parisianisiertes Griechenland mir ärgerlich war, wie alles, was uns zugleich völlig entgegengesetzt und sehr nah ist. Heute sehe ich, daß durch den gemeinsamen Untergrund einer dem modernen Geschmack angepaßten Antike, diese profunde Verschiedenheit zwischen der Welt Giraudoux', die so behaglich in der französischen Tradition ruht, und der rauschhafteren Welt, wie ich sie zu schildern versuchte, zur quantité négligeable wurde und allenfalls noch für den äußerst aufmerksamen Leser eine Rolle spielt. Hingegen liebte ich Cocteau; ich war empfänglich für sein Gaukler- und Zauberergenie; dennoch grollte ich ihm, weil er sich so häufig zu Taschenspielereien hinreißen ließ. Die arrogante Offenheit des Menschen, der in *Feuer* spricht, mit oder ohne Maske, die anmaßende Absicht, sich nur an den bereits überzeugten oder eroberten Leser zu richten, stellen ein Aufbäumen gegen gewisse ausgeklügelte

* Dieses Interesse für das Werk Valérys beweist eine Anspielung auf den »bewundernswerten Paul« in der ersten Gruppe der »Gedanken«. Die Valérysche Formulierung, der ich diesen »Gedanken« gegenübersetzte, findet sich in *Choses tues* von *1932*.

und billige Kompromisse dar. Das Beispiel Cocteaus hat mich ermutigt, das sehr alte Verfahren des lyrischen Kalauers anzuwenden, das um dieselbe Zeit und ein wenig abgewandelt die Surrealisten wiederentdeckten. Diese verbalen Überfrachtungen, die in *Feuer* mit der eingangs erwähnten thematischen Doppelbelichtung einhergehen, hätte ich wohl kaum gewagt, wären die Dichter meiner Zeit und nicht nur die der Vergangenheit mir darin nicht vorangegangen. Zu anderen Ähnlichkeiten, die scheinbar auf literarische Auseinandersetzungen mit Zeitgenossen zurückgehen, hat, wie ich bereits andeutete, das Leben selbst den Anstoß gegeben.

So erklärt die Leidenschaft für das Schauspiel unter dem dreifachen Aspekt von Ballett, Variété und Film, die der Generation der um 1935 Dreißigjährigen gemeinsam war, daß in *Achilles oder die Lüge*, Achilles' und Misandras typisch traumhafter Abstieg auf der Turmtreppe in die Beschreibung eines Seiltanzes jenes quasi geflügelten Barbette übergeht, der hinter sich die Gewandfalten der Siege nachzieht, und den ich später in Florida wiedersehen sollte, wo er, entstellt durch einen furchtbaren Sturz, die Seiltänzer des Zirkus Barnum in seiner Kunst unterwies; oder daß sich in *Phaidon oder der Taumel*, der Tanz in einem Nachtlokal mit dem Tanz der Gestirne verbindet. Daß in *Patroklos oder das Schicksal* das Duell zwischen Achilles und der Amazone zu einem barocken Ballett à la Diaghileff oder Massine

gerät, und von den Kameras der Filmleute »geschos-
sen« wird, ist ebenfalls charakteristisch für diese Atmosphäre beklemmender Spiele. In *Antigone oder die
Wahl* sind Kraft einer gleichfalls zeittypischen Vor-
wegnahme die Lichtkegel, die auf der Bühne des
Buches den Entwicklungen eines ersten Themas folgen, bereits im Begriff, zu den schauerlichen Such-
scheinwerfern der Konzentrationslager zu werden:
Dieses Gespür für die politische Gefahr, die auf der
Welt lastete, hat bei manchen Dichtern und Roman-
ciers der Zeit vor dem Zweiten Weltkrieg unleugbar
Spuren hinterlassen; es ist nur natürlich, daß *Feuer*,
genau wie das eine oder andere Buch, das während
dieser Epoche entstanden ist, Schlagschatten enthält.

Eine weitergehende Analyse würde wohl nur
noch einen rein biographischen Bodensatz zutage för-
dern: Vermutlich interessiert es außer mir niemanden, daß *Sappho oder der Selbstmord* von einer Va-
riétéaufführung in Pera seinen Ausgang nahm und
auf Deck eines im Bosporus vor Anker liegenden
Frachters geschrieben wurde, während das Grammo-
phon eines griechischen Freundes unermüdlich den
amerikanischen Schlager leierte »He goes through the
air with the greatest ease, the daring youg man on the
flying trapeze«; ebenso uninteressant ist es, daß diese
Ingredienzien sich mit der Legende der antiken Dichterin vermischt haben, mit den Gedanken an die
Transvestiten der Renaissance, mit einem Echo der
einzigen guten Verse, die ich von Banville, diesem

virtuosen Unterhaltungskünstler über das Thema eines himmelhoch geschleuderten Clowns kenne, mit einer wundervollen Zeichnung Degas', und schließlich mit einer Anzahl kosmopolitischer Gestalten, die damals die Bars von Konstantinopel bevölkerten. Einzig unter diesem Aspekt der literarischen Auslegung mag die Anmerkung sinnvoll sein, daß das Athen von *Feuer* die Stadt bleibt, wo meine Morgenspaziergänge im antiken Friedhof von Kerameikos mit seinem Unkraut und seinen verwahrlosten Gräbern vom kreischenden Lärm eines benachbarten Straßenbahndepots musikalisch untermalt wurden; wo in Elendsvierteln hausende Wahrsagerinnen aus dem Satz des türkischen Kaffees die Zukunft lasen; wo eine kleine Gruppe junger Frauen und junger Männer, von denen einige bald einen jähen oder langsamen Tod erleiden sollten, die lange, müßige, dann und wann von Debatten über den spanischen Bürgerkrieg oder über die jeweiligen Meriten einer deutschen Filmdiva und ihrer schwedischen Rivalin, belebte Nacht damit beendeten, daß sie, ein wenig betrunken vom Wein und der orientalischen Musik in den Tavernen, sich den Sonnenaufgang über dem Parthenon ansahen. Durch einen an sich wohl höchst banalen optischen Effekt erscheinen mir diese Dinge und Menschen, die damals der Tageswirklichkeit angehörten, heute viel ferner und überholter, als die Mythen oder die obskuren Legenden, mit denen ich sie für kurze Zeit vermischt hatte.

Was den Stil angeht, so weist *Feuer* die teils hochgespannte und geschnörkelte Manier auf, die ich während jener Periode pflegte, teils die fast bis zum Exzeß zurückgenommene klassische Erzählweise. Heute bin ich gleich weit von der einen wie von der anderen entfernt; ich habe an anderer Stelle davon gesprochen, worin ich noch immer das Verdienst der klassischen französischen Erzählung sehe, ihren abstrakten Ausdruck der Leidenschaften, der scheinbaren oder wirklichen Beherrschtheit, zu der sie ihren Autor zwingt. Ohne ein Urteil über Wert oder Unwert von *Feuer* vorwegzunehmen, möchte ich noch betonen, daß der beinahe überspannte Expressionismus dieser Dichtungen mir immer noch als eine Form des natürlichen und notwendigen Bekenntnisses erscheint, eine legitime Bemühung, zu dem Zweck, nichts von der Komplexität einer Gemütsbewegung oder von deren Heftigkeit zu verlieren. Diese Tendenz, die in allen Literaturen und zu jeder Epoche fortdauert und neu entsteht, ungeachtet der weisen puristischen oder klassischen Gebote, stellt vielleicht das utopische Streben nach einer vollkommen poetischen Sprache dar, in der jedes maximal mit Sinn aufgeladene Wort seine verborgenen Werte enthüllen sollte, so, wie sich unter gewissen Lichtbedingungen die Phosphoreszenz der Steine enthüllt. Es geht immer darum, das Gefühl oder die Idee in konkrete Formen zu fassen, die selber Preziosen sind (die Preziosität schwingt bezeichnenderweise in diesem Wort mit), wie jene Gemmen, die ihr spezifisches Gewicht und ihren Glanz den beinah unerträglichen Drücken und Temperaturen verdanken, denen sie ausgesetzt wurden. Oder aber es gilt, der Sprache die kunstvollen Windungen abzuverlangen, so wie man in der Renaissance die komplizierten Arabesken der Schmiedearbeiten aus einfachem rotglühenden Eisen formte. Das Schlimmste, was sich über diese verbalen Waghalsigkeiten sagen läßt, ist, daß jeder, der sie unternimmt, sich ständig dem Risiko von Mißbrauch und Exzeß ausliefert, genau wie der dem klassischen Litotes verschworene Autor sich immer am Rande der kalten Eleganz und der Heuchelei bewegt.

Wenn der Leser häufig in dem, was ich gern als barocken Expressionismus bezeichnen würde, nur Preziosität im negativen Sinn des Wortes sieht, so kommt das in neun von zehn Fällen daher, daß er unfähig ist, die Idee oder die Gemütsbewegung nachzuvollziehen, die der Dichter ihm darbietet, und darin zu Unrecht nur gequälte Metaphern oder kalte Concetti erblickt. Es ist nicht die Schuld Shakespeares, sondern die unsrige, wenn wir, wo der Dichter seine Liebe zum Adressaten der *Sonette* mit einem Grab vergleicht, das mit den Trophäen seiner alten Leidenschaften beflaggt ist, über uns nicht alle Standarten des Elisabethanischen Zeitalters wehen fühlen. Es ist nicht Racines Schuld, sondern die unsrige, wenn bei dem berühmten Vers »Gemartert

durch mehr Feuer als ich je entfachte« (Akt I, 4),
den der in Andromache verliebte Pyrrhus spricht,
wir hinter dem verzweifelt Liebenden nicht die unge-
heuere Feuerbrunst des brennenden Troja sehen, und
wenn wir in dem, was den Leuten von Geschmack
nur als plattes Gleichnis erscheint, unwürdig des großen Racine, nicht die Rückbesinnung eines Mannes
auf sich selber spüren, eines Mannes, der so unerbit-
terlich war und nun zu begreifen beginnt, was Leiden
ist. Wie so häufig erneuert Racine in diesem Vers die
schon zu seiner Zeit abgegriffene Metapher der Lie-
besglut, indem er ihr die verzehrende Kraft wirk-
licher Flammen zurückgibt, und so die Technik des
lyrischen Kalauers wiederbelebt, die sozusagen mit
ein und demselben Wort beide Zweige einer Parabel
zeichnet.

Wenn, um wieder auf *Feuer* zurückzukommen,
Phädra im »Zug« ihrer Vorfahren, in den Hades
hinabgleitet, dann bedeutet »Zug« zugleich »Schar«
und »U-Bahn«, denn die Menschenflut, die zur Stoß-
zeit durch die U-Bahnkorridore wirbelt, stellt für uns
vielleicht auf die furchterregendste Art den Fluß der
Schatten dar. In diesen Spielen (wo der Sinn eines
Wortes tatsächlich in seiner syntaktischen Fassung
»Spiel« hat) kommt es darauf an, nicht eine vorsätz-
liche Form der Affektiertheit oder der Witzelei zu
zeigen, sondern, wie in der Freudschen Fehlleistung
des Versprechers und den doppelten oder dreifachen
Ideenassoziationen des Deliriums oder des Traums,

einen Reflex des Dichters, der sich mit einem Thema herumschlägt, das für ihn besonders reich an Emotionen oder Gefahren ist. In einem meiner neueren Bücher, das sich aller formalen Experimente oder gar stilistischer Künsteleien enthält, habe ich dem Wärter des Gefängnisses, in dem der Held des Buches schmachtet, spontan und ohne zu bedenken, daß sich daraus ein Kalauer ergeben könnte, den Namen Hermann Mohr gegeben.*

Wenn ich auch sage, daß (was übrigens im Prinzip stimmt) eine Sammlung von Gedichten über die Liebe nicht notwendig des Kommentars bedarf, so weiß ich doch, daß es aussieht, als verweigerte ich das Hindernis, indem ich ausführlich die letztlich sekundären Charakteristika von Stil und Thematik abhandle und die Liebeserfahrung, die diesem Buch zugrunde liegt, stillschweigend übergehe. Doch, abgesehen davon, daß ich die Lächerlichkeit eines langen Kommentars zu einem Werk, von dem ich mir wünschte, es möge niemals gelesen werden, durchaus fühle, ist hier nicht der Ort, nachzuprüfen, ob die amour fou zu einem bestimmten Menschen, mit allem, was sie für einen selber und für den anderen birgt – an unvermeidlicher Selbsttäuschung, an wahrer Selbstverleugnung und Demut, aber auch an latenter Gewalttätigkeit und egoistischem Anspruch –,

* Der an das französische Wort für Tod, *mort*, anklingt. [Anm. d. Übers.]

den überhöhten Platz verdient, den die Dichter ihr eingeräumt haben. Eines scheint klar zu sein: Die Vorstellung von der bisweilen anstößigen, aber dennoch von einer Art mystischer Tugend durchdrungenen amour fou ist wohl nur möglich, wenn sie mit irgendeiner Form von Glauben an die Transzendenz, und sei es nur innerhalb der menschlichen Person, einhergeht, denn sobald diese Liebe sich nicht mehr auf die heutzutage verachteten, weil von unseren Vorgängern überstrapazierten metaphysischen und moralischen Werte stützen kann, ist sie nur noch eitle Spiegelfechterei oder traurige Manie. In *Feuer*, wo ich nur eine sehr konkrete Liebe zu glorifizieren oder vielleicht zu exorzieren glaubte, verbindet sich die Vergötterung des geliebten Menschen deutlich mit abstrakteren, aber darum nicht weniger intensiven Leidenschaften, die manchmal die emotionale und physische Obsession überlagern: In *Antigone oder die Wahl* wählt Antigone die Gerechtigkeit; in *Phaidon oder der Taumel* ist der Taumel das Wissen; in *Maria Magdalena oder das Heil* ist Gott das Heil. Es handelt sich hier nicht um Sublimierung, wie eine entschieden unglückliche und das Fleisch verachtende Formulierung wissen will, sondern um die dunkle Erkenntnis, daß die so heftige Liebe zu einem bestimmten Menschen oft nur ein schöner flüchtiger Zufall ist, in gewissem Sinne weniger real als Neigungen und Entscheidungen, die ihr vorangehen und sie überdauern werden. In dem Ungestüm oder der Un-

geniertheit, die von solchen quasi öffentlichen Ge-
ständnissen nicht zu trennen sind, scheinen manche
Stellen in *Feuer* mir heute früh geahnte Wahrheiten
zu enthalten, Wahrheiten, die man sich dann sein
ganzes Leben lang immer wieder zu bestätigen versucht. Dieser Maskenball war eine der Etappen auf
dem Weg zur Bewußtwerdung.

2. November 1967

Ich hoffe, dieses Buch wird nie gelesen werden.

Zwischen uns ist mehr als Liebe: Gemeinsam-keit.

Wenn du fort bist, dehnt deine Gestalt sich, bis sie das Universum erfüllt. Du gehst in den flüssigen Zustand über, der den Phantomen eignet. Wenn du da bist, zieht deine Gestalt sich zusammen; du er-reichst die Konzentration der schwersten Metalle, des Iridiums, des Quecksilbers. Ich sterbe an diesem Gewicht, wenn es auf mein Herz fällt.

Der bewundernswerte Paul hat sich geirrt. (Ich spreche vom großen Sophisten und nicht vom großen Prediger). Für jeden Gedanken, für jede Liebe, die, sich selbst überlassen, vielleicht schwach würde, gibt es ein ungemein energisches Stärkungsmittel, näm-lich den REST DER WELT, der sich ihr entgegen-setzt und ihrer nicht wert ist.

Einsamkeit... Ich glaube nicht, was sie glauben, ich lebe nicht, wie sie leben, ich liebe nicht, wie sie lieben... Ich werde sterben, wie sie sterben.

Alkohol ernüchtert. Nach vielen Schlucken Cognac denke ich nicht mehr an dich.

Phädra

oder
Die Verzweiflung

*P*hädra vollbringt alles. Sie gibt ihre Mutter dem Stier preis, ihre Schwester der Einsamkeit: Diese Formen der Liebe interessieren sie nicht. Sie verläßt ihr Land, wie man auf seine Träume verzichtet; sie verleugnet ihre Familie, wie man seine Erinnerungen verschleudert. In diesen Kreisen, wo die Unschuld ein Verbrechen ist, wohnt sie voll Ekel dem bei, was schließlich aus ihr einmal werden wird. Ihr Schicksal, von außen gesehen, macht sie schaudern: Noch kennt sie es erst in Gestalt von Inschriften auf der Mauer des Labyrinths: Sie entzieht sich durch die Flucht ihrer schrecklichen Zukunft. Sie heiratet Theseus so gleichgültig, wie die heilige Maria von Ägypten den Preis ihrer Reise mit dem Körper bezahlte; sie läßt die riesigen Schlachthäuser ihres kretischen Amerika im Westen in einem Legendennebel versinken. Durchtränkt vom Geruch der Ranch und der Gifte Haitis geht sie an Land, ohne zu ahnen, daß sie sich unter einem sengenden Wendekreis des Herzens die Lepra zugezogen hat. Ihr Staunen beim Anblick Hippolyts gleicht dem einer Reisenden, die, ohne es zu wissen, wieder an ihren Ausgangspunkt zurückgekehrt ist: Das Profil dieses Kindes erinnert sie an Knossos und an die Doppelaxt. Sie haßt Hippolyt, sie zieht ihn groß; er wächst gegen sie heran, ihr Haß stößt ihn zurück. Er ist seit jeher gewohnt, den Frauen zu mißtrauen, muß seit dem Gymnasion, seit den Neujahrsferien die Hindernisse überspringen, welche die Feindschaft einer Stiefmutter um ihn errichtet. Sie ist eifersüchtig auf seine Pfeile, das heißt auf seine Opfer, eifersüchtig auf seine Gefährten, das heißt auf seine Einsamkeit. In diesem Urwald, der Hippolyts Stätte ist, stellt sie wider Willen die Wegweiser zum Palast des Minos auf: Sie zieht durch dieses Gestrüpp die Einbahnstraße des Verhängnisses. In jedem Augenblick erschafft sie Hippolyt; ihre Liebe ist Inzest; sie kann den Jungen nicht töten, ohne eine Art Kindsmord zu begehen. Sie fabriziert seine Schönheit, seine Keuschheit, seine Schwächen; sie zieht sie aus dem Grund ihrer selbst; sie sondert von ihm diese abscheuliche Reinheit ab, um sie in der Gestalt einer faden Jungfrau hassen zu können: Sie greift die inexistente Arikia aus der Luft. Sie berauscht sich am Geschmack des Unmöglichen, dieses Alkohols, der die Grundlage aller Unglücksmischungen bildet. Im Bett des Theseus hat sie das bittere Vergnügen, in der Wirklichkeit den zu betrügen, den sie liebt, und in der Phantasie den, den sie nicht liebt. Sie ist Mutter. Sie hat Kinder, wie man Gewissensbisse hat. Auf ihren fieberfeuchten Laken tröstet sie sich mit Beichtgeflüster, ähnlich den Kindheitsgeständnissen, die sie am Hals ihrer Amme gestammelt hatte; sie saugt an den Zitzen ihres Unglücks; sie wird schließlich zur elenden Magd Phädras. Angesichts der Kälte Hippolyts verhält sie sich wie ein Sonnenstrahl, der auf einen Kristall fällt: Sie wird zur Brechung; sie bewohnt ihren Körper nur noch wie ihre eigene Hölle. Sie bildet auf dem Grund ihrer selbst ein Labyrinth nach, in dem sie immer wieder nur sich selbst wiederfinden muß; Ariadnes Faden kann sie nicht mehr hinausführen, da sie ihn sich ums Herz gewickelt hat. Sie wird Witwe; endlich kann sie weinen, ohne daß man sie nach dem Grund fragt; doch das Schwarz kleidet diese dunkle Gestalt nicht: Sie grollt dem Trauergewand, weil es ihrem Schmerz eine falsche Note gibt. Nachdem sie Theseus los ist, trägt sie ihre Hoffnung wie eine schimpfliche posthume Schwangerschaft. Sie treibt Politik, um sich von sich selbst abzulenken: Sie nimmt die Regentschaft an, so als würde sie sich einen Schal stricken. Theseus' Wiederkehr findet zu spät statt, um sie in die Formelwelt zurückzuführen, worin dieser Staatsmann sich einschließt; sie kann nur durch den Spalt einer List in sie gelangen; sie erfindet Lust um Lust die Schändung, deren sie Hippolyt anklagt, so daß die Lüge für sie zur Stillung ihres Verlangens wird. Sie sagt die Wahrheit: Sie hat die schlimmste Schmach erlitten; ihr Betrug ist eine Umsetzung der Wirklichkeit. Sie nimmt Gift, da sie gegen sich selbst immun ist; Hippolyts Hinscheiden schafft um sie eine Leere; im Sog dieses Vakuums stürzt sie sich in den Tod. Bevor sie stirbt, beichtet sie, um ein letztes Mal das Vergnügen zu haben, von ihrem Verbrechen zu reden. Ohne den Ort zu wechseln, betritt sie wieder den Familienpalast, wo Verfehlung Unschuld ist. Sie gleitet im Zug ihrer Vorfahren durch diese von Tiergeruch erfüllten U-Bahnschächte, wo der schmierige Styx braust und die glänzenden Schienen nur Selbstmord oder Abfahrt anbieten. Auf der Bergwerkssohle ihres unterirdischen Kretas wird sie irgendwann dem durch ihre Raubtierbisse entstellten Jüngling begegnen, denn sie verfügt dazu über alle Umwege der Ewigkeit. Sie hat ihn nicht wiedergesehen seit der großen Szene des dritten Aktes; seinetwegen ist sie gestorben; seinetwegen hat sie nicht gelebt; er schuldet ihr nur den Tod; sie schuldet ihm die Zuckungen einer unstillbaren Agonie. Sie darf ihn zu Recht für ihre Verbrechen verantwortlich machen, für ihre Unsterblichkeit, die so verdächtig ist auf den Lippen der Dichter, welche sich ihrer Person nur bedienen werden, um eigene Inzestgelüste auszudrükken, so wie der Autofahrer, der mit zertrümmertem Schädel auf der Straße liegt, den Baum anklagen kann, gegen den er gerast ist. Wie jedes Opfer, war sie ihr Henker. Ein Schlußwort wird von diesen Lippen fließen, die keine Hoffnung mehr beben macht. Was wird sie sagen? Zweifellos: Danke.

*M*it dir im Flugzeug fürchte ich die Gefahr nicht mehr. Man stirbt nur, wenn man allein ist.

*N*ichts kann mich besiegen. Es sei denn meine eigenen Siege. Da jede durchkreuzte List mich in die Liebe einschließt, werde ich mein Leben in einem Kerker von Siegen verbringen. Nur die Niederlage findet Schlüssel, öffnet Türen. Um den Flüchtigen zu erreichen, muß der Tod sich in Bewegung setzen, die Starrheit verlieren, die uns in ihm das harte Gegenteil des Lebens erkennen läßt. Er schenkt uns das Hinscheiden des Schwans, der in vollem Flug getroffen, das Hinscheiden des Achilles, der von irgendeiner dunklen Weisheit an den Haaren gepackt wird. Wie bei der Frau, die im Vestibül ihres Hauses in Pompei erstickte, verlängert der Tod in der anderen Welt nur die Fluchtwege. Mein Tod wird aus Stein sein. Ich kenne die Stege, die Drehbrücken, die Fallen, alle Laufgräben des Schicksals. Ich kann mich nicht verirren. Um mich zu töten, braucht der Tod meine Beihilfe.

*H*ast du bemerkt, daß die Füsilierten zusammensinken, in die Knie brechen? Trotz der Stricke sind die Körper schlapp, wanken, als ob sie nachträglich in Ohnmacht fielen. Wie ich beten sie ihren Tod an.

Es gibt keine unglückliche Liebe: Man besitzt nur, was man nicht besitzt. Es gibt keine glückliche Liebe: Was man besitzt, besitzt man nicht mehr.

Keine Angst. Ich bin auf dem Grund angelangt. Ich kann nicht tiefer fallen als bis auf dein Herz.

Achilles

oder
Die Lüge

*M*an hatte alle Lampen gelöscht. Die Mägde woben im Gesinderaum blindlings die Fäden eines seltsamen Gewirks, das zu dem der Parzen wurde; eine unnütze Stickerei hing von den Händen des Achilles. Misandras schwarzes Kleid unterschied sich nicht mehr von dem roten Deidameias; das weiße Kleid des Achilles war grün im Mondlicht. Seit der Ankunft dieser jungen Fremden, in dem alle Frauen einen Gott witterten, war die Furcht über die Insel gefallen, wie ein Schatten unter die Füße der Schönheit. Der Tag war nicht mehr der Tag, sondern die helle Maske auf der Finsternis; die Busen der Frauen wurde Kürasse auf Soldatenbrüsten. Kaum hatte Thetis in Jupiters Augen den Film der Schlachten abrollen sehen, in denen Achilles zugrunde gehen würde, da suchte sie auf allen Meeren der Welt eine Insel, einen Fels, ein Bett, die dicht genug wären, um auf der Zukunft schwimmen zu können. Diese erregte Göttin hatte die Seekabel durchschnitten, die das Schlachtengetümmel auf die Insel übertrugen, hatte dem wegweisenden Leuchtturm das Auge ausgeschlagen, mit Sturmböen die Zugvögel verjagt, die ihrem Sohn Botschaften seiner Waffenbrüder zutrugen. Wie die Bäuerinnen ihren kranken Jungen Mädchenkleider anziehen, um das Fieber irrezuleiten, so legte sie Achilles ihre Göttinnengewänder an, die den Tod ablenken würden. Dieser mit Sterblichkeit infizierte Sohn erinnerte sie an den einzigen Fehler ihrer göttlichen Jugend: Sie war bei einem Mann gelegen, ohne ihn vorsorglich in einen Gott zu verwandeln. Achilles trug die Spuren dieses grobschlächtigen Vaters in sich, unter dem Mantel einer Schönheit, die er nur von ihr hatte und die ihm eines Tages die Notwendigkeit des Sterbens umso schmerzlicher machen mußte. In Seide gehüllt, mit Gaze verschleiert und in Goldgehänge verstrickt hatte Achilles sich auf ihr Geheiß in den Turm der Mädchen eingeschlichen; er war soeben aus der Schule der Kentauren gekommen. Der harten Wälder und der wilden Schlünde müde, träumte er von weichem Haar und sanften Brüsten. Das Gynäkeion, in das seine Mutter ihn einschloß, wurde für diesen Waffenflüchtigen zu einem sublimen Abenteuer; es galt, im Schutz eines Korsetts oder Kleids den weiten unerforschten Kontinent der Frauen zu betreten, in den der Mann bislang nur als Sieger und im Schein der Liebesgluten eingedrungen war. Als Überläufer aus dem Lager der Männer hatte Achilles die einzigartige Chance, etwas anderes zu sein als er selbst. Für die Sklaven gehörte er zur geschlechtslosen Rasse der

Gebieter; Deidameias Vater trieb die Verirrung so weit, in ihm die Jungfrau zu lieben, die er nicht war; nur die beiden Cousinen wollten nicht an dieses schöne Mädchen glauben, denn es glich zu sehr dem Idealbild, das der Mann sich von den Frauen macht. Dieser Jüngling, der nichts von der Liebe wußte, lernte in Deidameias Bett die Kämpfe kennen, das Röcheln, die Listen; das Schwinden seiner Sinne auf diesem zärtlichen Opfer diente ihm als Ersatz für eine schrecklichere Lust, die er nicht aufzuspüren, noch zu benennen wußte, und die nichts anderes war als der Tod. Deidameias Liebe, Misandras Eifersucht machten aus ihm wieder das harte Gegenteil eines Mädchens. Die Leidenschaften wogten im Turm wie Ähren im Wind. Achilles und Deidameia haßten sich wie alle, die sich lieben; Misandra und Achilles liebten sich wie alle, die sich hassen. Diese muskulöse Feindin wurde für Achilles so etwas wie ein Bruder; dieser köstliche Rivale rührte Misandra wie eine Art Schwester. Jede Welle, die an die Insel schlug, schwemmte Botschaften an: Griechische Leichen, von unerhörten Winden über das Meer getrieben, waren alle Wracks eines Heeres, das durch Achilles' Beistandsverweigerung Schiffbruch erlitten hatte; Scheinwerfer suchten ihn am Himmel in einer Sternenverkleidung. Der Ruhm, der Krieg, die er in den Nebeln der Zukunft erahnte, erschienen ihm wie anspruchsvolle Mätressen, deren Besitz ihm zu viele Verbrechen abfordern würde. Auf dem Grund dieses

Frauengefängnisses glaubte er dem Drängen seiner zukünftigen Opfer zu entgehen. Eine königsschwere Barke hielt am Fuß des erloschenen Leuchtturms, der nur noch ein zusätzliches Riff war: Ulysses, Patroklos und Thersites hatten, durch einen anonymen Brief in Kenntnis gesetzt, den Prinzessinnen ihren Besuch angekündigt; Misandra, die sich plötzlich gefällig zeigte, half Deidamaia, Nadeln in Achilles' Haar zu stecken. Ihre breiten Hände zitterten, als hätte sie ein Geheimnis fallen lassen. Die weit geöffneten Türen ließen die Nacht herein, die Könige, den Wind und den Himmel voller Zeichen. Thersites keuchte ermüdet von der tausendstufigen Treppe, rieb die spitzen, siechen Knie zwischen den Händen. Er sah aus wie ein König, der sich aus Geiz zu seinem eigenen Hofnarren gemacht hatte. Patroklos, zögernd vor dem Geheimnis, das sich in den Prinzessinnen verbarg, streckte auf gut Glück seine eisenbewehrten Hände aus. Der Kopf des Ulysses ließ an eine abgegriffene, zerfressene, verrostete Münze denken, auf der noch die Züge des Königs von Ithaka hervortraten: Die Augen mit der Hand schirmend, wie auf der Spitze eines Mastes, musterte er die Fürstinnen, die wie eine dreifache Frauenstatue an der Wand lehnten; und die kurzen Haare Misandras, der feste Druck ihrer großen Hände, ihre Ungezwungenheit verleiteten ihn zunächst, sie für das Versteck eines Mannes zu halten. Die Matrosen der Eskorte öffneten die Kisten, packten die unter Spiegel, Geschmeide,

Emailnecessaires gemischten Waffen aus, auf die
Achilles sich wohl unverzüglich stürzen würde. Doch
die Helme in den sechs geschminkten Frauenhänden
erinnerten an Friseurhauben; die erschlafften Kop-
pel verwandelten sich in Gürtel; in Deidameias Armen sah der Rundschild wie eine Wiege aus. Als sei
die Verkleidung ein böses Geschick, dem nichts auf
der Insel sich entziehen konnte, wurde das Gold zu
Vermeil, die Soldaten verwandelten sich in Transvestiten und die beiden Könige in Hausierer. Nur Patroklos widerstand dem Zauber, zerschlug ihn wie
ein blanker Degen. Ein bewundernder Aufschrei
Deidameias machte Achilles auf diesen lebenden Degen aufmerksam: Er sprang auf ihn zu und packte
den harten, wie einen Schwertgriff ziselierten Kopf
mit beiden Händen, ohne zu bemerken, daß die
Schleier, die Armreife, die Ringe aus seiner Bewegung die Aufwallung einer Verliebten machten.
Treue, Freundschaft, Heldenmut waren keine Wörter mehr, die den Heuchlern zur Verkleidung ihrer
Seelen dienten: Treue, das waren diese Augen, die
ihre Lauterkeit vor diesem Wust von Lügen nicht
verloren hatten; Freundschaft, das würden ihre Herzen sein; Ruhm, ihrer beider Zukunft. Der errötende
Patroklos entzog sich dieser weiblichen Umarmung:
Achilles wich zurück, ließ die Arme hängen, vergoß
Tränen, die seine Mädchenverkleidung nur umso
vollkommener machten, für Deidameia jedoch ein
Grund mehr waren, sich Patroklos zuzuwenden. Die

Blicke und das Lächeln, die wie Liebesbriefe abgefangen wurden, die Verwirrung des Fähnrichs, der in diesem Spitzengewoge unterzugehen drohte, verwandelten die Bestürzung des Achilles in wütende Eifersucht. Dieser bronzegekleidete Jüngling überstrahlte die nächtlichen Bilder, die Deidameia von Achilles bewahrte, so wie eine Uniform in ihren Frauenaugen den matten Schimmer eines nackten Körpers ausstach. Achilles ergriff ungeschickt ein Schwert, das er sogleich wieder fallen ließ, umklammerte Deidameias Hals mit den Händen eines Mädchens, das einer Gefährtin den Erfolg neidet. Die Augen der gewürgten Frau traten wie zwei lange Tränen hervor; Sklaven warfen sich dazwischen; die Türen schlossen sich mit einem tausendfältigen Seufzen und erstickten die letzten Schluchzer Deidameias: Die ratlosen Könige befanden sich plötzlich wieder auf der anderen Seite der Schwelle. Das Frauengemach füllte sich mit einer erstickenden, inneren Dunkelheit, die nichts mit der Nacht zu tun hatte. Der kniende Achilles lauschte auf das Leben, das Deidameias Brust entwich, wie Wasser aus dem zu engen Hals einer Flasche. Dieser Frau, die er nicht nur hatte besitzen, sondern auch sein wollen, fühlte er sich ferner denn je: Je kräftiger er zudrückte, desto rätselhafter wurde sie, das Mysterium des Todes fügte sich noch zum Geheimnis ihrer Fraulichkeit. Schaudernd befühlte er ihre Brüste, ihre Hüften, ihre Haare. Er stand auf und tastete die nun türlosen

Wände ab, voll Scham darüber, daß er in den Köni-
gen nicht die geheimen Sendboten seines eigenen
Mutes erkannt, und sich so seine einzige Chance
hatte entgehen lassen, ein Gott zu sein. Die Sterne,
Misandras Rache, die Empörung von Deidameias
Vater würden sich vereinen, um ihn in diesem Palast
eingeschlossen zu halten, ohne Aussicht auf Ruhm:
Die tausend Schritte um diese Leiche würden von
nun an die Bewegungslosigkeit des Achilles bilden.
Hände, die fast ebenso kalt waren wie die Deidameias legten sich auf seine Schulter: Verblüfft hörte
er Misandra sagen, er solle doch fliehen, bevor der
Zorn dieses allmächtigen Vaters ihn ereile. Er ver-
traute seinen Arm der Hand dieser schicksalhaften
Freundin an, richtete seinen Schritt nach dem Gang
dieses Mädchens, das in der Finsternis zu Hause war,
wußte nicht, ob Misandra ihrer Rachsucht oder
einem dumpfen Gefühl der Dankbarkeit gehorchte,
ob sein Führer eine Frau war, die sich rächte, oder
eine Frau, die er gerächt hatte. Türflügel öffneten
und schlossen sich wieder: Die abgetretenen Stein-
platten senkten sich sanft unter ihren Füßen, wie das
weiche Tal einer Welle; Achilles und Misandra beschleunigten immer mehr ihren spiralförmigen Abstieg, als sei ihr Schwindel eine Schwer-Kraft. Misandra zählte die Stufen, betete laut eine Art steinernen
Rosenkranz her. Endlich öffnete sich eine Pforte auf
die Klippen, die Deiche, die Treppen des Leuchtturms: Luft, salzig wie Blut und Tränen, sprang die-

sem seltsamen Paar ins Gesicht, dem die Flut von Frische die Sinne benahm. Mit einem harten Lächeln hielt Misandra das schöne Wesen an, das mit gerafften Röcken bereits zum Sprung ansetzte, reichte ihm einen Spiegel, worin es im Schein der Morgenröte sein Gesicht wiederfinden konnte, so als habe sie es nur ans Tageslicht führen wollen, um ihm durch ein Abbild, das noch schrecklicher war als die Leere, die bleichen und geschminkten Beweise seiner Ungöttlichkeit zu liefern. Doch seine Marmorblässe, seine wie die Mähne eines Helmes wallenden Haare, seine mit Schminke vermischte und wie das Blut eines Verletzten an den Wangen klebenden Tränen, schienen im Gegenteil in diesem engen Rahmen alle künftigen Aspekte des Achilles zu bündeln, als hätte dieses kleine Stück Glas die Zukunft eingefangen. Das schöne Sonnenwesen riß seinen Gürtel ab, knüpfte das Halstuch auf, wollte sich seiner erstickenden Musselingewänder entledigen, befürchtete jedoch, sich dem Feuer der Wachposten noch mehr auszusetzen, wenn es die Unvorsichtigkeit besäße, sich nackt sehen zu lassen. Einen Augenblick lang neigte sich die härtere dieser beiden göttlichen Frauen über die Welt, überlegte zögernd, ob sie das Schicksal des Achilles, des brennenden Troja, des gerächten Patroklos sich nicht auf ihre eigenen Schultern laden solle, da auch der scharfsichtigste der Götter oder Schlächter dieses Männerherz nicht von dem ihren hätte unterscheiden können. Doch ihr Busen hielt sie gefangen und so öffnete Misandra die beiden Türflügel, die an ihrer Stelle stöhnten, und stieß Achilles mit dem Ellbogen all dem entgegen, was sie nicht sein würde. Das Tor schloß sich vor der lebendig Begrabenen: Wie ein losgelassener Adler flog Achilles die Balustraden entlang, stürzte Stufen hinunter, Wälle, sprang über Abgründe, rollte wie eine Granate, sauste wie ein Pfeil, flog wie ein Sieg. Die Felszacken zerrissen seine Kleider, ohne sein unverwundbares Fleisch zu ritzen: Das wendige Wesen blieb stehen, knüpfte die Sandalen ab, bot seinen nackten Fußsohlen die Chance, sich zu verletzen. Das Geschwader lichtete die Anker: Sirenenrufe kreuzten sich auf dem Meer; der windbewegte Sand verzeichnete kaum die leichten Füße des Achilles. Ein durch die Brandung gespanntes Tau machte an der Mole die Barke fest, die in der Hektik der Maschinen und des Aufbruchs vibrierte: Achilles stieg auf dieses Kabel der Parzen, mit weit ausgebreiteten Armen, auf die Flügel seiner flatternden Tücher gestützt, von den Möven seiner Meermutter geschützt wie von einer weißen Wolke. Ein Sprung brachte dieses zerzauste Mädchen, in dem ein Gott geboren wurde, auf das Heck des hochbordigen Schiffes. Die Matrosen knieten nieder, begrüßten mit Flüchen der Bewunderung die Ankunft des Sieges. Patroklos streckte die Arme aus, glaubte Deidameia zu erkennen; Ulysses schüttelte den Kopf; Thersites lachte schallend. Niemand ahnte, daß diese Göttin keine Frau war.

Ein Herz ist vielleicht etwas Schmutziges. Eine Sache für Seziertische und Schlächterauslagen. Dein Körper ist mir lieber.

Um uns ist die Atmosphäre von Leysin, von Montana, von Hochgebirgssanatorien, die wie Aquarien verglast sind, riesige Reservate, wo der Tod ohne Unterlaß jagt. Die Kranken spucken ihre blutigen Befunde aus, tauschen Bazillen, vergleichen Fieberkurven, richten sich in einer Kameradschaft ein, die aus Gefahren erwächst. Wer von uns hat die meisten Kavernen?

Wohin fliehen? Du füllst die Welt aus. Ich kann mich vor dir nur in dich flüchten.

Das Geschick ist fröhlich. Wer dem Fatum irgendeine schöne traurige Maske zuschreibt, kennt von ihm nur die Theaterverkleidungen. Ein unbekannter Witzbold wiederholt denselben plumpen Scherz bis zum Überdruß. Das Schicksal riecht vage nach Kinderzimmer, nach einer Lackschachtel, aus der die Teufel der Gewohnheit springen, nach Schränken, aus denen plötzlich unsere grotesk auf-geputzten Kindermädchen stürzen, um uns zu erschrecken. Die Figuren der Tragiker werden durch das laute Lachen des Donners jäh aufgestört. Vor seiner Blendung hat Ödipus mit seinem Schicksal unentwegt Blindekuh gespielt.

Ich mag mich noch so ändern: Mein Geschick ändert sich nicht. Jede Figur kann in einen Kreis gezeichnet werden.

Man erinnert sich an seine Träume: Man erinnert sich nicht an seinen Schlaf. Nur zweimal bin ich in die Tiefen vorgestoßen, die von Strömen durchflossen werden, in denen unsere Träume nichts als die Wracks überfluteter Realitäten sind. Neulich habe ich mich trunken vor Glück auf mein Bett geworfen, wie ein Taucher, der sich mit ausgebreiteten Armen rücklings ins Wasser fallen läßt: Ich bin in ein blaues Meer gekippt. Die Sauerstoffblase meiner luftgefüllten Lungen ließ mich bewegungslos am Rand des Abgrunds treiben, und ich tauchte aus diesem griechischen Meer auf wie eine neugeborene Insel. Heute abend ließ ich mich im Rausch meines Kummers aufs

Bett fallen mit den Bewegungen einer Ertrinkenden, die aufgegeben hat: Ich falle in den Schlaf wie in eine Ohnmacht. Die Erinnerungsströmungen reißen mich durch die nächtliche Dumpfheit, treiben mich zu einer Art Asphaltsee. Unmöglich, in diesem salzgesättigten Wasser unterzugehen, das bitter ist wie die Absonderung der Lider. Ich schwimme wie die Mumie auf ihrem Bitumen, voll Furcht vor einem Erwachen, das höchstens ein Überleben sein wird. Flut und Ebbe des Schlafs drehen mich auf diesem Linnenstrand willenlos hin und her. Meine Knie stoßen dauernd gegen die Erinnerung an dich. Die Kälte weckt mich, als hätte ich bei einem Toten geschlafen.

Ich ertrage deine Fehler. Man findet sich mit den Fehlern Gottes ab. Ich ertrage dein Fehlen. Man findet sich mit dem Fehlen Gottes ab.

Ein Kind ist eine Geisel. Das Leben hat uns.

Das gleiche gilt für einen Hund, einen Panther, eine Grille. Leda sagte: »Ich kann mich nicht mehr umbringen, seit ich einen Schwan gekauft habe.«

Patroklos

oder
Das Schicksal

*E*ine Nacht oder vielmehr ein undeutlicher Tag
fiel auf die Ebene: Man hätte nicht sagen können, welche Richtung die Dämmerung einschlug. Die
Türme glichen Felsen, am Fuß von Bergen, die Tür-
men glichen. Kassandra heulte auf den Mauern, unter den schrecklichen Wehen der Zukunft, die sie ge-
bar. Das Blut klebte wie Schminke an den entstellten
Wangen der Leichen; Helena bestrich ihren Vampir-
mund mit einer Schminke, die an Blut erinnerte. Seit
Jahren hatte man sich in einer Art roter Routine ein-
gerichtet, wo der Friede sich mit dem Krieg mischte
wie die Erde mit dem Wasser in den stinkenden Mo-
rasten. Die erste Generation von Heroen, die den
Krieg wie ein Privileg, fast wie eine Investitur be-
grüßt hatte, war von den Sichelwagen dahingemäht
und durch ein Kontingent von Soldaten ersetzt worden, die den Krieg zunächst wie eine Pflicht auf sich
nahmen und dann wie ein Opfer erduldeten. Die Er-
findung der Tanks schlug riesige Breschen in diese
Leiber, die nur noch als Wälle dienten; eine dritte
Welle von Angreifern rannte gegen den Tod an; diese

Spieler riskierten bei jedem Einsatz ein Höchstmaß an Leben und fielen schließlich wie durch Selbstmord, von der Kugel mitten ins rote Feld des Herzens getroffen. Vorbei war die Zeit der heldischen Zärtlichkeiten, wo der Gegner die Schattenseite des Freundes war. Iphigenie war tot, auf Agamemnons Befehl erschossen, da man sie der Teilnahme an der Meuterei der Schiffsmannschaften des Schwarzen Meeres für schuldig befunden hatte; Paris war durch die Explosion einer Granate entstellt worden; Polyxenos hatte soeben der Typhus im Lazarett von Troja dahingerafft; die auf dem Strand knienden Okeaniden versuchten nicht mehr die Schmeißfliegen von der Leiche des Patroklos zu verscheuchen. Seit dem Tod des Freundes, der die Welt zugleich erfüllt und ersetzt hatte, verließ Achilles nicht mehr sein schattenbedecktes Zelt. Als wolle er diesen Leichnam imitieren, lag er nackt auf der nackten Erde und ließ sich vom Gewürm seiner Erinnerungen zernagen. Der Tod erschien ihm immer mehr als Weihe, deren nur die Reinsten würdig sind: Viele Menschen zerfallen, nur wenige sterben. Alle die Besonderheiten, an die er sich erinnerte, wenn er an Patroklos dachte – seine Blässe, seine steifen, leicht hochgezogenen Schultern, seine immer ein wenig kalten Hände, das Gewicht seines Körpers, der mit der Schwere eines Steins in den Schlaf fiel – erwarben endlich ihren vollen Sinn posthumer Attribute, als sei der lebende Patroklos nur ein Entwurf zu seiner Leiche gewesen.

Der uneingestandene Haß, der auf dem Grund der Liebe schlummert, erleichterte Achilles die Bildnerarbeit. Er beneidete Hektor um die Vollendung dieses Meisterwerks; die letzten Schleier, die der Gedanke, die Tat, das reine Amlebensein zwischen sie drängten, hätte nur er, Achilles, wegreißen dürfen, um Patroklos in seiner sublimen Todesnacktheit zu entdecken. Vergeblich ließen die trojanischen Feldherrn mit Trompetenstößen kunstvolle, von allen Grobschlächtigkeiten der ersten Kriegsjahre gereinigte Zweikämpfe ankündigen: Ohne diesen Gefährten, der verdiente, ein Feind zu sein, tötete Achilles nicht mehr, um Patroklos im Jenseits keine Rivalen erstehen zu lassen. Von Zeit zu Zeit erschollen Schreie, behelmte Schatten zogen an der roten Mauer vorüber. Seit Achilles sich in diesen Toten versenkte, zeigten sich ihm die Lebenden nur noch als Gespenster. Eine tückische Feuchtigkeit stieg vom Boden auf; der Schritt marschierender Heere ließ das Zelt erzittern; die Pfähle schwankten in dieser Erde, die keinen Halt mehr bot; die beiden ausgesöhnten Lager kämpften mit dem Fluß, der sich mühte, den Mann zu ertränken: Achilles trat bleich in diesen endzeitlichen Abend. Er konnte in den Lebenden nicht mehr die künftigen Opfer einer immer drohenden Todesflut sehen, vielmehr erschienen ihm nun die Toten von der schändlichen Sintflut der Lebenden überschwemmt. Gegen das bewegliche, bewegte, formlose Wasser verteidigte Achilles die Steine und den Mörtel, die zum Bau von Gräbern dienten. Als der Brand aus den Wäldern des Ida bis in den Hafen hinabgekommen war, ergriff Achilles gegen die unverschämt zerbrechlichen Bohlen, Maste und Segel die Partei des Feuers, das sich nicht scheut, die Toten auf dem Holzbett des Scheiterhaufens zu umarmen. Seltsame Völker ergossen sich von Asien her wie Flüsse: Von der Raserei des Ajax angesteckt, schlachtete Achilles dieses Vieh, ohne auch nur menschliche Züge in ihm zu erkennen. Er schickte Patroklos die Gewänder, die für Jagden in der anderen Welt bestimmt waren. Die Amazonen erschienen; Busen überschwemmten die Hügel des Flusses; das Heer bebte bei diesem Geruch nach nackten Vliesen. Seit jeher hatten die Frauen für Achilles den triebhaften Teil des Unglücks dargestellt, den Teil, dessen Form er nicht gewählt hatte, den er erdulden mußte, nicht hinnehmen konnte. Er warf seiner Mutter vor, aus ihm einen Mischling, halb Mensch, halb Gott gemacht, und ihm so die Hälfte des Verdienstes genommen zu haben, das den Menschen zukommt, die sich selbst zu Göttern erheben. Er grollte ihr, weil sie ihn als Kind in den Wassern des Styx gebadet hatte, um ihn gegen die Furcht zu feien, als ob das Heldentum nicht gerade darin bestünde, verwundbar zu sein. Er grollte den Töchtern des Lykomedes, weil sie in seiner Verkleidung nicht das Gegenteil einer Maskerade erkannt hatten. Er verzieh Briseis nicht die Schmach, ihn geliebt zu haben. Sein

Schwert drang in dieses rosa Gelee, durchschnitt gor-
dische Gedärmeknoten; die schreienden Frauen, die
durch die Bresche ihrer Wunden den Tod gebaren,
verfingen sich wie Stierkampfpferde im Gewirr ihrer
Eingeweide. Penthesilea befreite sich aus diesem
Haufen niedergetrampelter Frauen, erschien wie der
harte Kern dieses nackten Fleisches. Sie hatte das
Visier gesenkt, damit niemand vom Anblick ihrer
Augen gerührt werde: Sie allein wagte auf die List
der Schleierlosigkeit zu verzichten. Diese minerali-
sche Furie, die eine Rüstung, einen Helm und eine
Goldmaske trug, bewahrte an Menschlichem nur
ihre Haare und ihre Stimme, aber die Haare waren
golden, und Gold klang aus dieser reinen Stimme.
Als einzige unter ihren Gefährtinnen hatte sie sich
den Busen abschneiden lassen, doch die Verstümme-
lung war kaum wahrzunehmen auf dieser Götter-
brust. Man schleifte die Toten an den Haaren aus der
Arena; die Soldaten bildeten Spalier und verwandelten so das Schlachtfeld in einen Kampfplatz, wobei
sie Achilles in den Mittelpunkt eines Kreises stießen,
aus dem nur der Mord ihn führen konnte. Vor dieser
khakibraunen, feldgrauen, horizontblauen Kulisse
wechselte die Rüstung der Amazone mit den Jahrhunderten die Form, mit der Ausleuchtung durch die
Scheinwerfer die Farbe. Bei dieser Slawin, die aus
jeder Finte einen Tanzschritt machte, wurde der
Zweikampf zum Turnier, dann zum russischen Ballett. Achilles stieß vor, wich zurück, immer an dieses

Metall gefesselt, das eine Hostie enthielt, im Bann einer Liebe, die sich auf dem Grund des Hasses findet. Mit aller Kraft schwang er sein Schwert, wie um einen Zauber zu brechen, durchschlug den dünnen Panzer, der wie ein makelloser Soldat zwischen ihm und der Frau stand. Sanitäter eilten herbei; Kameras knatterten wie Maschinengewehre; ungeduldige Hände fledderten den goldenen Leichnam. Das hochgeschlagene Visier entblößte statt eines Gesichts eine blindäugige Maske, die Küsse nicht mehr erreichten. Achilles hielt schluchzend den Kopf dieses Opfers, das es wert gewesen wäre, ein Freund zu sein. Es war der einzige Mensch auf der Welt, der Patroklos glich.

*W*er sich nicht mehr schenkt, schenkt sich dennoch. Er schenkt sein Opfer.

*N*ichts Schmutzigeres als die Eigenliebe.

*D*as Verbrechen des Narren besteht darin, daß
er sich vorzieht. Diese ruchlose Bevorzugung stößt
mich ab bei denen, die töten, und erschreckt mich bei
denen, die lieben. Der geliebte Mensch ist für diese
Geizhälse nur noch ein Goldstück, das die Finger
umkrallen. Er ist nur mehr ein Gott, kaum noch eine
Sache. Ich weigere mich, aus dir ein Objekt zu machen und sei es das Geliebte Objekt.

*N*icht zu dienen, ist das einzig Schreckliche.
Mach aus mir was du willst, selbst einen Schild,
selbst das gut leitende Metall.

*D*u könntest mit einen Schlag ins Nichts stürzen, wohin die Toten gehen: Ich würde mich trösten,

wenn du mir deine Hände ließest. Deine Hände allein würden weiterexistieren, von dir losgelöst, unerklärlich wie die Hände der Marmorgötter, die zu dem Staub und Kalk ihres eigenen Grabes zerfallen sind. Sie würden deine Taten überdauern, die elenden Körper, die sie gestreichelt haben. Sie wären keine Vermittler mehr zwischen den Dingen und dir, sie würden selbst zu Dingen werden. In wiedergewonnener Unschuld, denn du wärst nicht mehr da, um sie zu deinen Mittätern zu machen, traurig wie herrenlose Windhunde, zerstört wie Erzengel, denen kein Gott mehr Befehle erteilt, würden deine nutzlosen Hände auf den Knien der Finsternis ruhen. Deine geöffneten Hände, die keine Freude mehr spenden oder empfangen können, würden mich fallen lassen wie eine zerbrochene Puppe. Ich küsse das Gelenk dieser gleichgültigen Hände, die dein Wille nicht mehr von den meinen zurückzieht; ich streiche über die blaue Ader, die Blutsäule, die einst unaufhörlich wie der Strahl einer Fontäne aus dem Grund deines Herzens sprang. Mit kleinen, zufriedenen Schluchzern lege ich wie ein Kind den Kopf zwischen diese Handteller voller Sterne, Kreuze, Abgründe dessen, was mein Schicksal war.

Geister fürchte ich nicht. Die Lebenden sind nur deshalb so schrecklich, weil sie einen Körper haben.

Es gibt keine unfruchtbare Liebe. Auch wenn man sich noch so vorsieht. Wenn ich von dir gehe, habe ich tief in mir meinen Schmerz, wie eine Art schreckliches Kind.

Antigone

oder
Die Wahl

*W*as kündet der tiefe Mittag? Der Haß liegt auf Theben wie eine grausige Sonne. Seit dem Tod der Sphinx ist die schändliche Stadt ohne Geheimnis: Alles tritt an den Tag. Der Schatten sinkt am Rand der Häuser, am Fuß der Bäume wie schales Wasser auf dem Grund der Zisternen. Die Schlafzimmer sind kein Born der Dunkelheit mehr, keine Speicher der Kühle. Die Spaziergänger wandeln wie Mondsüchtige nach endlos durchwachter Nacht. Iokaste hat sich erdrosselt, um die Sonne nicht mehr zu sehen. Man schläft am hellichten Tag; man liebt am hellichten Tag. Die Schläfer im Freien bieten den Anblick von Selbstmördern. Die Liebenden sind Hunde, die sich in der Sonne paaren. Die Herzen sind dürr wie die Felder; das Herz des neuen Königs ist dürr wie der Fels. Soviel Dürre lechzt nach Blut. Der Haß vergiftet die Seelen; die Röntgenstrahlen der Sonne zerfressen das Gewissen, ohne seinen Krebs zu mindern. Ödipus ist durch häufigen Umgang mit diesen Strahlen erblindet. Nur Antigone erträgt die Pfeile von Apolls Bogenlampe, als sei der Schmerz ihr eine

Schutzbrille. Sie verläßt diese Stadt aus gebranntem Ton, wo die verhärteten Gesichter aus Graberde bestehen; sie begleitet Ödipus durch die gähnenden Tore, die ihn auszuspucken scheinen. Sie führt diesen Vater, der zugleich ihr tragischer älterer Bruder ist, auf den Straßen des Exils: Er segnet das glückliche Versehen, das ihn auf Iokaste geworfen hat, als sei die Blutschande mit der Mutter für ihn nur das Mittel gewesen, sich eine Schwester zu zeugen. Sie gibt sich nicht zufrieden, bis sie ihn in einer Nacht ruhen sieht, die endgültiger ist als die menschliche Blindheit, bis er im Bett der Furien liegt, die sich alsbald zu Schutzgöttinnen wandeln, denn jeder Schmerz, dem man sich überläßt, läutert sich zu gelassener Heiterkeit. Sie weist das Almosen des Theseus zurück, der ihr Kleider bietet, frische Wäsche, einen Platz im öffentlichen Wagen nach Theben: Sie kehrt zu Fuß zurück in die Stadt, die aus schierem Unglück ein Verbrechen macht, aus bloßem Aufbruch ein Exil, aus reinem Verhängnis eine Strafe. Zerzaust, verschwitzt, den Narren ein Spott, den Weisen ein Ärgernis folgt sie auf freiem Feld dem Pfad der Heere, der markiert ist durch leere Flaschen, durch abgetragene Schuhe, durch zurückgelassene Kranke, die von den Raubvögeln schon für tot gehalten werden. Sie strebt nach Theben wie Sankt Petrus nach Rom zurückkehrt, um sich dort kreuzigen zu lassen. Unsichtbar wie eine Lampe im Glührot der Hölle passiert sie die sieben Kreise der

Heere, die um Theben lagern. Sie dringt durch eine geheime Pforte ins Innere der Wälle, auf denen wie in chinesischen Städten abgeschlagene Köpfe ragen; sie gleitet durch die Straßen, die von der Pest des Hasses leergefegt, von den durchfahrenden Kampfwagen in ihren Grundfesten erschüttert sind, sie klettert auf die Türme, wo die Frauen und Mädchen bei jedem Schuß, der keinen der ihren trifft, vor Freude aufheulen; ihr blutleeres Gesicht zwischen den langen schwarzen Flechten fügt sich auf den Zinnen in die Reihe der abgehackten Köpfe. Sie wählt zwischen ihren feindlichen Brüdern ebenso wenig wie zwischen der aufgeschlitzten Kehle und den bluttriefenden Händen des Selbstmörders; für sie sind die Zwillinge nur noch ein einziges Schmerzgefühl, wie sie zuerst nur ein einziger Freudenschauer in Iokastes Leib waren. Sie erwartet die Niederlage, um sich dem Sieger zu weihen, als sei das Unglück ein Gottesurteil. Vom Gewicht ihres Herzens gezogen steigt sie wieder in die Niederungen des Schlachtfelds hinab; sie wandelt auf den Toten wie Jesus auf dem Wasser. Unter diesen von der beginnenden Zersetzung gleichgemachten Männern erkennt sie Polyneikes an seiner sich zur Schau stellenden Nacktheit, an der Einsamkeit, die ihn umgibt wie eine Ehrengarde. Sie wendet sich ab von der niedrigen Unschuld, deren Ziel die Bestrafung ist. Selbst als Lebender ist Eteokles ein offizieller, durch seine Erfolge erkalteter Leichnam, bereits mumifiziert in der Lüge des Ruhms. Selbst als

Toter existiert Polyneikes wie der Schmerz. Er läuft nicht mehr Gefahr, geblendet zu enden wie Ödipus, zu siegen wie Eteokles, zu herrschen wie Kreon: Er kann nicht erstarren; er kann nur noch verfaulen. Besiegt, entblößt, tot, hat er den Grund menschlichen Elends erreicht; nichts stellt sich zwischen Polyneikes und Antigone, nicht einmal eine Tugend, nicht einmal ein Ehrenstandpunkt. Sie sind an den Gesetzen unschuldig, Ärgernisse von der Wiege an, in das Verbrechen gehüllt wie in ein und dieselbe Haut, vereint in der furchtbaren Jungfräulichkeit von Menschen, die nicht von dieser Welt sind: Ihrer beider Einsamkeiten treffen sich wie zwei Münder im Kuß. Sie krümmt sich über ihn wie der Himmel über die Erde und vollzieht so Antigones Welt zur Gänze nach: Ein dunkler Besitzerdrang neigt sie zu diesem Schuldigen, den man ihr nicht mehr streitig machen wird. Dieser Tote ist die leere Urne, in die man mit einem Strahl den ganzen Wein einer großen Liebe gießen kann. Ihre dünnen Arme heben mühselig den Körper auf, den die Geier ihr streitig machen. Sie trägt ihn, wie man ein Kreuz tragen würde. Oben von den Wällen aus sieht Kreon diesen Toten kommen, der sich auf seine unsterbliche Seele stützt. Prätorianer stürmen los, zerren diese Leichendiebin aus dem Friedhof heraus: Ihre Hände zerreißen vielleicht eine nahtlose Tunika über Antigones Schulter, packen den Körper, der sich bereits auflöst, der zerfließt wie eine Erinnerung. Von der Last des Toten befreit, scheint das Mädchen mit dem gebeugten Haupt Gott zu tragen. Kreon sieht bei ihrem Anblick rot, als wären ihre blutbefleckten Lumpen eine Fahne. Die mitleidlose Stadt kennt keine Dämmerung. Der Tag verlöscht mit einem Schlag wie eine ausgebrannte Birne, die kein Licht mehr spendet. Sollte der König aufblicken, würden die Laternen Thebens ihm nun die Gesetze verbergen, die in den Himmel einge- schrieben sind. Die Menschen sind ohne Schicksal, da die Welt ohne Sterne ist. Nur Antigone, dem Opfer von Gottes Gnaden, ist die Pflicht gewährt, zugrunde zu gehen, und dieses Privileg kann den Haß der Menge erklären. Sie schreitet durch die von Schein- werfern durchschossene Nacht: Ihr wirres Haar, ihre Bettlerlumpen, ihre Schaufelhände zeigen, wie weit die Schwesterliebe gehen muß. Am hellen Tag war sie das reine Wasser auf den besudelten Händen, der Schatten in der Berge des Helms, das Tuch auf dem Mund der Verstorbenen. In dunkler Nacht wird sie eine Lampe. Ihre Hingabe an Ödipus' ausgesto- chene Augen strahlt auf Millionen von Blinden; ihre Leidenschaft für den verwesten Bruder wärmt My- riaden von Toten. Das Licht tötet man nicht; man kann es nur ersticken. Antigones Todeskampf wird unter den Scheffel gestellt. Kreon wirft sie in die Kloake, in die Katakomben. Sie kehrt heim ins Land der Quellen, der Schätze, der Keime. Sie stößt Is- mene zurück, die nur eine leibliche Schwester ist; sie verwirft mit Haimon die grausige Chance, Sieger zu gebären. Sie macht sich auf die Suche nach ihrem Stern, der jenseits der menschlichen Vernunft ist und den sie nur im Weg über das Grab erreichen kann. Der zum Unglück bekehrte Haimon stürzt ihr auf den schwarzen Gängen nach: Dieser Sohn eines geblendeten Mannes ist der dritte Aspekt ihrer tragischen Liebe. Er sieht gerade noch, wie sie ein kompliziertes System aus Seilen und Rollen zurechtmacht, das ihr die Flucht zu Gott ermöglichen soll. Der tiefe Mittag sprach von Wahn: Die tiefe Mitternacht spricht von Verzweiflung. Die Zeit existiert nicht mehr in diesem sternenlosen Theben; die im absoluten Schwarz hingestreckten Schläfer sehen ihr Gewissen nicht mehr. Im Bett des Ödipus ruht Kreon auf dem harten Kissen der Staatsräson. Einige in den Straßen herumziehende Protestler stolpern gerechtigkeitstrunken über das Nachtdunkel und wälzen sich am Fuß der Gemarkungen. Plötzlich dringt in der stumpfsinnigen Stille der Nacht, die ihr Verbrechen ausschläft, aus dem Inneren der Erde ein Pochen, schwillt an, legt sich auf Kreons Schlaflosigkeit, wird sein Albtraum. Kreon steht auf, tastet, findet die Türe zu den unterirdischen Gängen, von deren Vorhandensein nur er allein weiß, entdeckt im Lehm die Fußspuren seines ältesten Sohnes. In der schwachen Strahlung, die von Antigone ausgeht, erkennt er Haimon: Er hängt am Halse der ungeheueren Selbstmörderin und wird von dem Pendel mitbewegt, das die Schwingung des Todes auszumessen scheint. Sie sind aneinander gebunden, wie um schwerer zu wiegen, ihr langsames Hin und Her stößt sie immer tiefer ins Grab, und dieses zuckende Gewicht bringt die Maschinerie der Gestirne wieder in Bewegung. Das verräterische Geräusch dringt durch das Pflaster, die Marmorplatten, die Backsteinmauern, erfüllt die ausgetrocknete Luft mit Pulsschlägen. Die Seher pressen das Ohr an den Boden, horchen wie Ärzte die Brust der in Lethargie verfallenen Erde ab. Die Zeit nimmt beim Tönen der Gottesuhr ihren Lauf wieder auf. Das Pendel der Welt ist Antigones Herz.

Mit geschlossenen Augen lieben, heißt wie ein Blinder lieben. Mit offenen Augen lieben, heißt vielleicht wie ein Verrückter lieben: Heißt leidenschaftlich hinnehmen. Ich liebe dich wie eine Verrückte.

Mir bleibt eine schändliche Hoffnung. Unwillkürlich setze ich auf ein Versagen des Instinkts, ein Ereignis, das im Leben des Herzens der Handlung des Zerstreuten gleichkommt, der sich in Namen, in Türen irrt. Ich wünsche dir mit Schaudern einen Verrat Camilles, einen Mißerfolg bei Claude, einen Skandal, der dich von Hippolyt trennt. Irgendein Fehltritt könnte dich auf meinen Körper fallen lassen.

Man gerät an alle Ereignisse des Lebens ohne Erfahrung. Ich fürchte, mit meinem Schmerz nicht umgehen zu können.

Ein Gott, der will, daß ich lebe, hat dir befohlen, mich nicht mehr zu lieben. Ich ertrage das Glück nicht gut. Mangel an Gewohnheit. In deinen Armen könnte ich nur sterben.

Nützlichkeit der Liebe. Die Wollüstigen benötigen keine Liebe zur Erforschung der Lust. Wenn man versucht, die Körper zu vermischen und zu verbinden hat der Taumel keinen Platz. Dann merkt man, daß es eine dunkle Hemisphäre gibt, in der noch Entdeckungen zu machen sind. Man braucht die Liebe, damit sie uns den Schmerz lehrt.

Lena

oder
Das Geheimnis

*L*ena war die Konkubine des Aristogeiton und weit
weniger seine Mätresse als seine Magd. Die beiden bewohnten ein Häuschen in der Nähe der Erlöserkirche: Lena zog in dem kleinen Garten zarte
Zucchini und pralle Auberginen, pökelte Anchovis,
schnitt das rote Fleisch der Wassermelonen in Würfel, wusch drunten am Flüßchen Ilissus die Wäsche,
achtete darauf, daß ihr Geliebter einen Schal mit-
nahm, damit er sich nach dem Training im Stadion
nicht erkälte. Als Lohn für soviel Diensteifer ließ er
sich lieben. Sie gingen zusammen aus: In den kleinen
Cafés hörten sie sich die kreisenden Platten mit den
Volksliedern an, voll Feuer und Jammer, wie eine
verdunkelte Sonne. Lena war stolz, sein Bild auf der
Titelseite der Sportzeitungen zu sehen. Er hatte sich
für den Boxwettkampf in Olympia angemeldet; sie
durfte mit ihm reisen. Klaglos hatte sie den Staub der
Landstraßen ertragen, den ermüdenden Trott der
Maultiere, die verlausten Herbergen, wo man für das
Wasser mehr bezahlen mußte, als für den besten
Inselwein. Unterwegs war das Rumpeln der Wagen

so stetig, daß man nicht einmal mehr die Zikaden schrillen hörte. Dann hatte sie eines Mittags an der Biegung eines Hügels zu ihren Füßen das Tal von Olympia erblickt, eine Mulde gleich der Handfläche eines Gottes, der die Statue des Sieges hochhält. Hitzeschwaden zogen über die Altäre, die Küchen, die Marktbuden, vor denen Lena begehrlich den Talmischmuck betrachtete. Um ihren Gebieter in der Menschenmenge nicht zu verlieren, hatte sie den Zipfel seines Mantels zwischen die Zähne geklemmt. Sie hatte die Götterbilder, die so gütig waren, die Huldigungen einer Magd nicht zurückzuweisen, mit Öl gesalbt, mit Bändern geschmückt, mit Küssen beschmatzt; alle Gebete, die sie kannte, hatte sie für den Sieg ihres Gebieters hergesagt und alle Verwünschungen, die sie kannte, gegen seine Widersacher geschleudert. Während der langen Zeit der Enthaltsamkeit, die den Athleten auferlegt war, hatte sie, getrennt von ihm, allein im Zelt geschlafen, im Frauenquartier außerhalb der den Kämpfern vorbehaltenen Unterkünfte, hatte die Hände abgewehrt, die sich im Dunkeln nach ihr ausstreckten, sogar die Tüten mit Sonnenblumenkernen zurückgewiesen, die ihre Nachbarinnen anboten. Wenn sie an den Boxer dachte, sah sie ihn in ihrer Phantasie umgeben von ölglänzenden Leibern und kahlrasierten Köpfen, an denen die Hände abglitten. Sie hatte den Eindruck, er vernachlässige sie zugunsten seiner Gegner; am Abend der Spiele hatte sie gese-

hen, wie er im Triumph durch die Korridore des Sta-
dions getragen wurde, außer Atem wie nach der
Liebe, der Zudringlichkeit der Reporter und der
photographischen Platten ausgeliefert: Sie hatte den
Eindruck gehabt, er betrüge sie mit dem Ruhm. Sein
Siegerdasein verbrachte er mit Feiern im Kreis der
Prominenz: Lena hatte ihn das rituelle Bankett in
Gesellschaft eines jungen adeligen Atheners verlas-
sen sehen, trunken von einem Rausch, von dem sie
hoffte, er sei dem Alkohol zuzuschreiben, denn dem
Wein folgt die Ernüchterung rascher als dem Glück.
Er war im Wagen des Harmodios nach Athen zurückgekehrt und hatte Lena in der Obhut einer ihrer
Nachbarinnen gelassen; er war in einer Staubwolke
entschwunden, ihren Liebkosungen entzogen wie ein
Toter oder wie ein Gott; das Letzte, was sie von ihm
gesehen hatte, war ein Schal gewesen, der an einem
gebräunten Nacken flatterte. Wie eine Hündin, die
auf der Straße in weitem Abstand ihrem Herrn folgt,
der sie zurückgelassen hat, machte Lena sich auf den
langen bergigen Rückweg, auf dem die Frauen auf
einsamen Strecken den Schritt beschleunigten aus
Furcht, einem Satyr zu begegnen. In jeder Dorfher-
berge, in die sie eintrat, um ein wenig Schatten und
einen Kaffee nebst einem Glas Wasser zu erstehen,
fand sie den Wirt noch mit dem Zählen der Goldstücke beschäftigt, die locker aus den Taschen dieser
beiden Männer gerollt waren: Überall hatten sie die
besten Zimmer genommen, die besten Weine getrun-

ken, die Sänger gezwungen, bis zum Morgengrauen zu gröhlen: Lenas Stolz, der noch Liebe war, verband die Wunden ihrer Liebe, die noch Stolz war. Nach und nach hörte der junge räuberische Gott auf, nur ein Gesicht zu sein, wurde für sie zu einem Namen, einer Geschichte, einer kurzen Vergangenheit. Vom Tankwart in Patras erfuhr sie, daß er Harmodios hieß; der Pferdehändler von Pyrgos sprach von seinem Rennstall; der Fährmann am Styx, der von Amts wegen viel mit Toten zu tun hatte, wußte, daß er Waise war und daß sein Vater vor kurzem ans jenseitige Ufer des Lebens übergesetzt hatte; den Straßenräubern war bekannt, daß der Tyrann von Athen ihn mit Reichtümern überhäuft hatte; die Kurtisanen von Korinth glaubten zu wissen, daß er schön sei. Alle, sogar die Bettler, sogar die Dorftrottel wußten, daß er in seinem Rennwagen den Boxchampion der olympischen Spiele nach Hause fuhr: Dieser strahlende Jüngling war nur noch der Pokal, die bändergeschmückte Preisamphore, das langhaarige Abbild des Siegesgottes. In Megara erfährt Lena vom Zöllner, daß Harmodios sich geweigert hatte, für den Konvoi des Staatschefs die Straße freizumachen und daß Hipparch dem jungen Mann heftige Vorwürfe wegen seiner Undankbarkeit gemacht habe: Die Milizionäre hatten sich mit Gewalt des Feuerwagens bemächtigt, den Hipparch, wie er sagte, dem Harmodios nicht geschenkt habe, damit er in Gesellschaft eines Boxers darin herumfahre. Im Weichbild Athens

erbebte Lena unter den aufrührerischen Beifalls-
stürmen, die ihr den Namen ihres Gebieters, von
zehntausend Lippenpaaren abgenutzt, entgegen-
schleuderten; die Jugend hatte zu Ehren des Siegers
Fackelzüge organisiert, denen beizuwohnen Hipparch sich weigerte: Fichten, die mitsamt ihren Wurzeln aus dem Boden gerissen worden waren, weinten
die heißen Tränen ihres geopferten Harzes. Im Hof
des kleinen Hauses nahe der Erlöserkirche warfen die
Tänzer, die in ungleichem Rhythmus mit den Fersen
auf die Bodenfliesen hämmerten, ein bewegtes und
nacktes Fresko an die Mauer. Um niemanden zu stören, schlich Lena lautlos durch den Mücheneingang
ins Haus. Die Krüge, die Töpfe redeten nicht mehr in
einer vertrauten Sprache zu ihr; ungeschickte Hände
hatten eine Mahlzeit bereitet; sie schnitt sich in den
Finger, als sie die Scherben eines Glases aufhob. Sie
versuchte vergeblich, Harmodios' Windhund, der
unter dem Speisenschrank lag, mit einem Knochen
und mit Schmeicheleien zu locken. Sie hatte erwartet, daß ihr Gebieter ihr die Speisenfolgen der Mahlzeiten berichte, die er in großer Gesellschaft ein-
nahm; aber nicht einmal sein Lächeln nimmt von ihr
Kenntnis; um sich ihrer zu entledigen, schickt er sie
zur Arbeit in den Weinbergen auf seine kleine Besit-
zung in Dekeleia. Sie vermutet eine Heirat zwischen
ihrem Gebieter und der Schwester des Harmodios:
Mit Abscheu denkt sie an eine Ehefrau, mit Trauer
an Kinder. Sie lebt in dem Schatten, den der schöne

fackeltragende Eros der Hochzeitsfeierlichkeiten auf ihren Weg wirft. Daß keine Verlobung stattfindet, ist dieser Arglosen, die sich in der Gefahr täuscht, nur ein halber Trost: Harmodios hat das Unglück in dieses Haus gebracht wie eine verschleierte Geliebte; Lena fühlt sich um dieser ungreifbaren Frau willen vernachlässigt. Eines Abends klopft es an die Küchentür, und ein Mann, in dessen verbrauchten Zügen sie nicht das durch die Briefmarken und die Porträtmünzen endlos vervielfältigte Gesicht des Hipparch erkennt, bittet schüchtern um das Stückchen Brot einer Wahrheit. Aristogeiton, der zufällig heimkommt, findet Lena mit diesem verdächtigen Bettler am Tisch sitzend; sein Mißtrauen gegen sie verbietet ihm, ihr Vorwürfe zu machen: Sie wird aus dem Schlafzimmer gewiesen, das plötzlich von Geschrei erfüllt ist. Ein paar Tage später findet Harmodios den Freund am Fuß der Quelle der Klepsydra als Opfer eines Hinterhalts: Er ruft Lena, damit sie ihm helfe, den von Messerstichen tätowierten Körper des Boxers zum einzigen Sofa des Hauses zu tragen: Ihre vom Jod geschwärzten Hände begegnen sich auf der Brust des Verletzten. Lena sieht, wie sich auf der gebeugten Stirn des Harmodios die kleine besorgte Falte des wundenheilenden Apollon bildet. Sie streckt dem jungen Mann ihre großen zitternden Hände entgegen, fleht ihn an, ihren Gebieter zu retten: Sie wundert sich nicht, zu hören, wie er sich jede einzelne Wunde zum Vorwurf macht, als sei er daran schuld, denn es erscheint ihr nur natürlich, daß ein Gott zugleich Retter und Mörder ist. Der Schritt eines Polizeibeamten in Zivil, der die verlassene Straße auf- und abgeht, erschreckt den Verletzten, der auf dem Sofa liegt, einzig Harmodios wagt sich weiterhin in die Stadt, als könne kein Messer sich einen Weg in sein Fleisch bahnen, und diese Sorglosigkeit bestärkt Lena in dem Gedanken, daß er ein Gott sei. Die Freunde mißtrauen ihrer Zunge so sehr, daß sie den Überfall vom Vortag als Schlägerei zwischen Betrunkenen hinstellen, wohl aus Angst, Lena könne beim Metzger oder beim Krämer die Chancen eines Racheakts abwägen lassen. Lena bemerkt voll Entsetzen, daß die Männer von allem, was sie ihnen kocht, zuerst dem Hund geben, als sähen sie gute Gründe, warum Lena sie hassen sollte. Um über die Sache Gras wachsen zu lassen, brechen sie mit ein paar Freunden ins Parnes-Gebirge auf, wo sie auf Kreterart kampieren. Die Lage der Höhle, in der sie schlafen, halten sie vor Lena geheim; sie hat den Auftrag, ihnen Nahrung zu bringen, die sie unter einen Stein legt, wie für Verstorbene, die an den Grenzen der Welt herumschweifen: Lena bringt dem Aristogeiton wie Opfergaben den schwarzen Wein, die blutigen Fleischstücke, ohne dafür ein Wort von diesem blutleeren Schemen zu erhalten, der sie nicht mehr küßt. Dieser Schlafwandler des Verbrechens ist nur noch ein Toter, der auf sein Grab zugeht, wie die Leichen der Juden ins Tal Josaphat pilgern. Schüchtern berührt sie seine Knie, die nackten Füße, um sich zu vergewissern, daß sie nicht eiskalt sind; sie glaubt, in den Händen des Harmodios den Heroldsstab des Hermes, des Geleiters der Seelen ins Jenseits zu sehen. Die Rückkehr der Freunde nach Athen findet in der Dämmerung statt, zwischen der Finsternis der Rache und dem Grauen der Furcht: Groteske Gestalten, Landjunker ohne Besitz, Advokaten ohne Klienten, Soldaten ohne Zukunft schlüpfen in das Gemach des Gebieters wie Schatten, angezogen von der Gegenwart eines Gottes. Seitdem Harmodios aus Vorsicht nicht mehr zu Hause schläft, kann Lena, die unters Dach verbannt ist, nicht mehr jede Nacht bei ihrem Gebieter wachen, wie man bei einem Kranken wacht, ihn nicht mehr jeden Abend zur Ruhe betten, wie man ein Kind bettet. Auf der Terrasse versteckt beobachtet sie, wie die Tür dieses von Schlaflosigkeit befallenen Hauses sich unermüdlich öffnet und schließt: Ohne das Geringste zu begreifen, verfolgt sie dieses Kommen und Gehen, gleich dem Hin und Her eines Weberschiffchens, das die Rachefäden zieht. Sie muß für ein bevorstehendes Sportfest Henkelkreuze auf braune Wollkleider nähen. An diesem Abend brennen Lampen auf allen Dächern Athens: Die jungen adligen Mädchen richten ihre Kommunionkleider für die morgige Prozession her: Das rote Haar der Heiligen Jungfrau im Altarraum der Kirche wird frisch gewellt: Der Wohlgeruch von einer Million Weihrauchkörner steigt Athene in die Nase.

Lena hält die kleine Irini auf den Knien, die jetzt bei ihnen wohnt, da Harmodios fürchtet, Hipparch könne aus Rache die junge Schwester entführen. Lena empfindet tiefes Mitleid mit dieser Kleinen, die sie einst in ihren Angstträumen unter dem Brautkranz ins Haus einziehen sah, als seien ihrer beider Hoffnungen betrogen worden. Die ganze Nacht hindurch verliest sie rote Rosen, die das Kind mit vollen Händen auf den Weg der Allerreinsten Jungfrau streuen soll: Harmodios taucht seine ungeduldigen Hände in diesen Korb, so daß sie wie in Blut getränkt erscheinen. Um die Stunde, da Athen sein Perlenantlitz zeigt, nimmt Lena die kleine Irini, die im schimmernden Gespinst ihrer Schleier schaudert, bei der Hand; mit dem gefügigen Kind klettert sie die Treppen der Propyläen hinauf. Zehntausend Kerzenflammen leuchten schwach im Glanz der Morgenröte, wie zehntausend Irrlichter, die nicht mehr Zeit hatten, in ihre Gräber zurückzukehren. Hipparch, noch albschlaftrunken, blinzelt in all das Weiß, mustert zerstreut den unschuldigen und blauen Zug der Kinder Athenes. Plötzlich zeigt sich ihm auf dem unfertigen Gesicht der kleinen Irini eine verhaßte Ähnlichkeit: Der rasend gewordene Herrscher rüttelt die junge Diebin am Arm, die es wagt, sich diese widerwärtigen Augen anzueignen, er brüllt, man solle die Schwester des Elenden, der seine Träume vergiftet, aus seiner Nähe verjagen. Das Kind fällt auf die Knie; der umgestürzte Korb ergießt seinen roten Inhalt; die

Tränen verwischen auf dem Gesicht der Kleinen die abscheuliche und göttliche Ähnlichkeit. Um die Stunde, da der Himmel aus Gold ist wie dieses unwandelbare Herz, führt die gute Lena das zerzauste, seines Korbs beraubte Kind ins Haus zurück: Harmodios ist außer sich vor Freude angesichts dieses willkommenen Schimpfs. Lena, die auf dem Pflaster des Hofs kniet und den Kopf wiegt wie ein Klageweib, fühlt auf ihrer Stirn die Hand dieses harten Mannes, der der Nemesis gleicht: Die Schmähungen des Tyrannen, seine Drohungen, die sie wiedergibt, ohne den Versuch zu machen, sie zu verstehen, gewinnen durch ihre tonlose Stimme die grauenvolle Glätte von unwiderruflichen Urteilssprüchen und vollendeten Tatsachen. Jede Beleidigung ruft auf dem Gesicht des Harmodios ein neues Stirnrunzeln oder gehässiges Lächeln hervor: In Gegenwart dieses Gottes, der nicht einmal geruhte, nach ihrem Namen zu fragen, berauscht es sie, zu existieren, nützlich zu sein, vielleicht Schmerz zuzufügen. Sie hilft Harmodios, die schönen Lorbeerbäume des Hofs zu verstümmeln, als sei es oberste Pflicht, jeden Schatten zu vernichten: Sie verläßt den Garten zusammen mit den beiden Männern, die die großen Küchenmesser in diesen Palmsonntagssträußen verstecken; sie schließt die Tür, hinter der die schlummernde Irini zurückbleibt, der Taubenkäfig, die Pappschachtel, in der Zikaden grasen, die ganze Vergangenheit, die tief wurde wie ein Traum. Hinter den Männern geht sie an den Baustellen des Parthenon entlang, stößt sich an den Haufen grob zerkleinerter Blöcke, die dem Tempel der Jungfrau das Aussehen seiner künftigen Ruine verleihen. Um die Stunde, da der Himmel sein rotes Gesicht zeigt, sieht sie die beiden Freunde in der Flucht der Säulen verschwinden wie in einer Maschine, die das Menschenherz zermalmt, um daraus einen Gott zu pressen. Schreie, Bomben explodieren: Hipparchs älterer Bruder, aufgeschlitzt auf dem mit Blut und Glut bedeckten Altar, scheint seine Eingeweide den Priestern zur Beschau zu bieten: Der tödlich verletzte Hipparch brüllt noch immer Befehle, lehnt sich an eine Säule, um nicht lebend zu fallen. Die Tore der Propyläen schließen sich und verwehren den Rebellen den einzigen Ausgang, der nicht ins Leere führt: Die Verschwörer rennen in dieser Falle aus Marmor und Himmel hierhin und dorthin, stolpern über Haufen von Göttern. Aristogeiton hat eine Beinwunde und wird in der Grotte des Pan von Häschern gefangen. Der gelynchte Leichnam des Harmodios wird von der Menge in Stücke gerissen wie der Leib des Bacchus bei den blutigen Messen: Widersacher oder vielleicht Getreue reichen einander diese gräßliche Hostie weiter. Lena kniet nieder, sammelt die Haarlocken des Harmodios in ihre Schürze, als sei dieser Dienst der wichtigste, den sie ihrem Gebieter erweisen könne. Büttel stürzen sich auf sie; man fesselt ihr die Hände, die sofort das Aussehen von abgebrauchten Hausgeräten verlieren,

Hände eines Opfers werden, Märtyrerfinger; sie steigt in den Gefängniswagen, wie die Toten in die Barke steigen. Sie fährt durch ein Athen, das den Atem anhält, in Furcht erstarrt ist, wo die Gesichter sich hinter geschlossenen Fensterläden verstecken, vor Angst, urteilen zu müssen. Sie steigt vor einem Gebäude aus, das sich durch seine Mischung aus Krankenhaus und Haftanstalt als Palast des Staatsoberhaupts ausweist. Unter der Einfahrt begegnet sie Aristogeiton, der auf seinen verletzten Beinen schwankt: Sie läßt das Exekutionskommando an sich vorüberziehen, ohne die Augen, die bereits den glasigen Pupillen der Toten gleichen, zu ihrem Gebieter zu erheben. Die Gewehrsalve aus dem angrenzenden Hof hört sich für sie nicht anders an als ein Ehrensalut über dem Grab des Harmodios. Sie wird in einen weißgekalkten Saal gestoßen, wo die Gefolterten wie Tiere im Todeskampf sind und die Henker wie Vivisekteure. Hipparch, auf eine Bahre hingestreckt, wendet den verbundenen Kopf nach ihr, tastet nach den Frauenhänden, die die einzige Wahrheit umklammert halten, nach der er noch hungert, spricht so leise und so nah auf sie ein, daß dieses Verhör wie Liebesgeflüster wirkt. Er fordert Namen, Geständnisse. Was hat sie gesehen? Wer waren ihre Komplizen? Hat der Ältere dem Jüngeren bei diesem Todeswettlauf als Schrittmacher gedient? War der Boxer nicht nur ein Faustschlag in der Hand des Harmodios? Hat die Furcht den jungen Mann dazu getrieben, sich des Hipparch zu entledigen? Wußte er, daß der Tyrann ihn nicht haßte, ihm verziehen hätte? Sprach er häufig von ihm? War er traurig? Eine verzweifelte Vertrautheit entsteht zwischen diesem Mann und dieser Frau, die besessen sind vom selben Gott, an derselben Krankheit sterben, deren erloschene Blicke sich auf zwei Abwesende richten. Unter der Folter beißt Lena die Zähne zusammen, preßt die Lippen aufeinander. Ihre Gebieter waren verstummt, wenn sie die Mahlzeiten auftrug; sie ist auf der Schwelle ihrer Leben geblieben, wie eine Hündin vor der Tür. Diese Frau ohne alle Erinnerung setzt ihren Stolz darein, glauben zu machen, daß sie alles wisse, daß ihre Gebieter ihr das Geheimste anvertraut hatten wie einer Hehlerin, auf die Verlaß ist, daß es nur bei ihr liege, die Vergangenheit der beiden zu enthüllen. Die Henker strecken sie auf eine Folterbank, um sie von ihrer Stummheit zu kurieren. Man bedroht diese Flamme mit der Wasserfolter; man spricht davon, diese Quelle der Feuerfolter zu unterziehen. Ihr graut vor dieser Tortur, die ihr einzig das demütigende Geständnis entreißen wird, daß sie nur eine Magd war und keineswegs eine Mitwisserin. Ein roter Strom schießt aus ihrem Mund, wie bei einem Blutsturz. Sie hat sich die Zunge abgebissen, um nicht die Geheimnisse preiszugeben, die sie nicht besaß.

*V*on mehr Feuern gebrannt... Ich bin ein müdes Tier, dem eine Flammenrute die Lenden peitscht. Ich habe den wahren Sinn der poetischen Metaphern wiedergefunden. Ich erwache jede Nacht im Brand meines eigenen Blutes.

*I*ch habe immer nur Anbetung oder Ausschweifung gekannt... Was heißt das? Ich habe immer nur Anbetung oder Mitleid gekannt.

*D*ie Christen beten vor dem Kreuz, pressen es an ihre Lippen. Dieses Stück Holz genügt ihnen, selbst wenn kein Erlöser daranhängt. Die Achtung vor den Gemarterten adelt schließlich das schändliche Marterwerkzeug: Man liebt die Menschen nicht genug, wenn man ihr Elend, ihre Erniedrigung, ihr Unglück nicht anbetet.

*W*enn ich alles verliere, bleibt mir Gott. Wenn mir Gott abhanden kommt, finde ich dich wieder. Man kann nicht zugleich die unendliche Nacht haben und die Sonne.

*J*akob rang mit dem Engel im Land Galaad. Dieser Engel ist Gott, da sein Gegner im Kampf besiegt wird und mit einem ausgerenkten Hüftgelenk aus der Niederlage hervorgeht. Die Stufen der goldenen Leiter bieten sich nur denen an, die von vorne herein diesen ewigen K. O. akzeptieren. Gott ist alles, was uns übersteigt, alles, worüber wir nicht triumphiert haben. Der Tod und die Welt und die Gottesidee, sie alle sind Gott für den dummen Boxer, der sich von ihrem großen Flügelschlag hinstrecken läßt. Du bist Gott: Du könntest mich zerbrechen.

*I*ch werde nicht fallen. Ich habe den Mittelpunkt erreicht. Ich lausche auf irgendeine göttliche Uhr, deren Schlag durch die dünne fleischliche Trennwand des Lebens dringt, das voll Blut ist, voll Beben, voll Atem. Ich bin dicht am geheimnisvollen Kern der Dinge, so wie man des Nachts manchmal dicht an einem Herzen ist.

Maria Magdalena

oder
Das Heil

Ich heiße Maria: Man nennt mich Magdalena. Magdalena kommt vom Namen meines Dorfes: Das kleine Land, wo meine Mutter Felder besaß und mein Vater Weingärten. Ich stamme aus Magdala. Mittags trug meine Schwester Martha Krüge voll Bier aufs Feld für die Knechte; ich kam mit leeren Händen zu ihnen; sie schlabberten mein Lächeln; ihre Blicke betasteten mich wie eine Frucht, die zur vollen Reife nur noch ein bißchen Sonne braucht. Meine Augen waren zwei Raubtiere, die sich im Netz meiner Wimpern gefangen hatten; mein fast schwarzer Mund war ein vollgesaugter Blutegel. Der Taubenschlag quoll über von Tauben, der Brotkasten von Brot und die Truhe von Münzen mit dem Kopfbild Caesars. Martha bestickte so viele Wäschestücke meiner Aussteuer mit Johannes' Monogramm, daß sie sich dabei die Augen verdarb. Johannes' Mutter besaß Fischgewässer, der Vater Weingärten. Johannes und ich saßen am Tag der Hochzeit unter dem Feigenbaum am Brunnen und fühlten bereits das Gewicht von siebzig Jahren Glück auf uns lasten. Die

selben Tanzweisen würden auf den Hochzeiten unserer Töchter erklingen; ich fühlte schon die Kinder in
mir, die sie austragen würden. Johannes kam aus der
Tiefe seiner Kindheit zu mir; er war sanft wie die
Engel, seine einzigen Gefährten: seinetwegen hatte
ich die Anträge des römischen Zenturios abgelehnt.
Johannes floh die Taverne, wo die Huren sich beim
erregenden Klang einer traurigen Flöte wie Schlan-
gen wiegten; er wandte die Augen vom runden Gesicht der Bauerndirnen ab. Die Liebe zu seiner Unschuld war meine erste Sünde. Ich wußte nicht, daß
ich mit einem unsichtbaren Rivalen rang, wie unser
Vater Jakob mit dem Engel, und daß es bei diesem
Kampf um diesen Jüngling ging, aus dessem Strub-
belhaar Strohhalme stachen wie ein Heiligenschein.
Ich wußte nicht, daß ein anderer schon Johannes
geliebt hatte, bevor ich ihn liebte, bevor er mich
liebte; ich wußte nicht, daß Gott die Notlösung
der Einsamen ist. Ich saß beim Hochzeitsmahl im
Frauengemach auf dem Ehrenplatz; die Matronen
flüsterten mir Kupplerinnenratschläge, Kurtisanen-
rezepte ins Ohr; die Flöte schrie wie eine Jungfrau;
die Trommeln dröhnten wie Herzen; die Frauen, die
sich in einem Gewoge von Schleiern und Brüsten im
Schatten räkelten, beneideten mich mit belegter
Stimme um das heftige Glück, den Gemahl empfangen zu dürfen. Die im Hofe geschächteten Schafe
quäkten wie die unschuldigen Kindlein in den Händen der Schlächter des Herodes; ich hörte nicht das

Blöken des räuberischen Lammes in der Ferne. Der Abenddunst ließ im oberen Schlafgemach alles verschwimmen, das graue Licht verlor das Gefühl für die Formen und Farben der Dinge: Unter den armen Verwandten am Ende des Männertisches sah ich nicht den weißen Vagabunden sitzen, der auf die jungen Leute mit einer Berührung, mit einem Kuß die schreckliche Lepra übertrug, die sie zwingt, sich von allem zu trennen. Ich spürte nicht die Gegenwart des Verführers, der den Verzicht so süß macht wie eine Sünde. Man schloß die Türen; man verbrannte Räucherwerk, um die Teufel zu schrecken; man ließ uns allein. Als ich die Augen hob, sah ich, daß Johannes sein Hochzeitsfest durchquert hatte, wie man über einen Platz geht, auf dem eine öffentliche Lustbarkeit stattfindet. Er zitterte, aber nur vor Schmerz; er war bleich, aber nur vor Scham; er befürchtete nur eine Impotenz der Seele bei der Inbesitznahme Gottes. Ich war unfähig, auf Johannes' Gesicht den Ausdruck des Ekels von dem des Verlangens zu unterscheiden: Ich war unberührt, wie übrigens jede liebende Frau nur eine arme Unschuldige ist. Erst später begriff ich, daß ich für ihn die schlimmste fleischliche Verfehlung darstellte, die legitime, von Brauch und Sitte gebilligte Sünde, die um so schändlicher ist, als man sich in ihr schamlos suhlen darf, um so furchtbarer, als sie keine Strafe zu gewärtigen hat. Er hatte mit mir das bestverschleierte Mädchen gewählt, das er in der geheimen Hoffnung umwerben

konnte, es nie zu bekommen; sein Abscheu vor leich-
terer Beute erklärte diese Wahl. Hier, auf diesem
Bett, war ich nur noch eine willige Frau. Es war ihm
unmöglich, mich zu lieben, und diese Unmöglichkeit
schuf zwischen uns eine Ähnlichkeit, stärker als alle
Geschlechtsgegensätze, die zwischen zwei Menschen
nur zur Zerstörung des Vertrauens und zur Rechtfer-
tigung der Liebe dienen; wir wollten beide einem
Willen weichen, der stärker war als der unsere, wollten uns geben, genommen werden: Beide nahmen
wir alle Schmerzen auf uns, um ein neues Leben zu
gebären. Diese langmähnige Seele lief zu einem Gemahl. Er lehnte die Stirn an die Scheibe, die vom
Hauch seines Atems immer trüber wurde: Die müden
Augen der Sterne belauerten uns nicht einmal mehr;
auf der anderen Seite der Türe hielt eine lauschende
Magd mein Schluchzen vielleicht für Liebesstöhnen.
Eine Stimme erhob sich in der Nacht und rief Johannes dreimal, wie dies vor den Häusern geschieht,
wo jemand sterben wird: Johannes öffnete das Fenster, neigte sich hinaus, um die Tiefe des Schattens zu
ermessen, sah Gott. Ich sah nur Finsternis, das heißt,
Seinen Mantel. Johannes riß die Laken vom Bett und
knüpfte sie zu einem Seil; die Leuchtkäfer blinkten
auf der Erde wie Sterne, so daß er in den Himmel zu
stürzen schien. Ich verlor diesen Überläufer aus den
Augen, der unfähig war, eine Frau mehr zu lieben als
die Brust Gottes. Vorsichtig öffnete ich die Türe meines Schlafzimmers, in dem außer einem Abschied

nichts passiert war; ich stieg über die Hochzeitsgäste, die im Vorraum schnarchten; ich nahm die Kapuze des Lazarus vom Kleiderständer. Die Nacht war zu schwarz, als daß ich die Spur der göttlichen Fußsohlen auf dem Boden suchen konnte; die Pflastersteine, an denen ich mich stieß, waren nicht mehr die Steine, über die ich immer nach der Schule auf einem Bein gehüpft war; zum ersten Mal bemerkte ich die Häuser, so wie sie von außen die Menschen sehen, die kein Zuhause mehr haben. An der Ecke der verrufenen Gäßchen troffen wieder obszöne Ratschläge aus den zahnlosen Mündern der Kupplerinnen; die Kotze der Säufer unter den Arkaden der Markthallen erinnerte mich an die Weinlachen des Hochzeitsfestes. Um der Wache zu entgehen, schlich ich die Holzgalerien der Herberge entlang bis zur Kammer des römischen Leutnants. Dieser Klotz, der am Tisch des Lazarus unermüdlich sein Glas auf mein Wohl erhoben hatte, öffnete mir völlig trunken die Tür; er hielt mich wohl für eines der Flittchen, mit denen er gewöhnlich schlief. Ich ließ die schwarze Kapuze über mein Gesicht gezogen; mit meinem Körper verfuhr ich freizügiger; als er mich erkannte, war ich bereits Maria Magdalena. Daß Johannes mich in der Brautnacht verlassen hatte, verhehlte ich ihm, aus Angst, er würde sich verpflichtet fühlen, das schale Wasser des Mitleids in den Wein seines Verlangens zu gießen. Ich beließ ihn in dem Glauben, ich hätte seine behaarten Arme den langen, immer gefalteten

Händen meines bleichen Bräutigams vorgezogen:
Ich bewahrte Johannes das Geheimnis seines Seiten-
sprungs mit Gott. Die Dorfkinder stöberten mich
auf; man bewarf mich mit Steinen. Lazarus ließ den
Mühlteich auskehren, da er glaubte, die Leiche des
Johannes darin zu finden; Martha senkte den Kopf,
wenn sie an der Herberge vorbeiging; Johannes'
Mutter verlangte von mir Rechenschaft über den an-
geblichen Selbstmord ihres einzigen Sohnes. Ich verteidigte mich nicht, da ich es als weniger demütigend
empfand, sie alle glauben zu lassen, der Verschwundene habe mich bis zum Wahnsinn geliebt. Im dar-
auffolgenden Monat wurde Marius nach Gaza zur
Zweiten Palästinadivision beordert; ich konnte nicht
so viel Reisegeld aufbringen, um mir im Feuerwagen
einen der Plätze dritter Klasse zu sichern, die seit
je Propheten, Bedürftigen, Urlaubern, Heilbringern
vorbehalten sind. Der Herbergswirt behielt mich als
Geschirrspülerin: Ich lernte von meinem Chef die
Küche der Lust. Ich empfand süße Genugtuung darüber, daß die von Johannes verschmähte Frau über-
gangslos auf die letzte Stufe des Abschaums sank:
Jeder Stoß, jeder Kuß formten mir ein Gesicht, eine
Büste, einen Körper, der sich immer mehr von dem
unterschied, den mein Freund nicht liebkost hatte.
Ein beduinischer Kameltreiber brachte mich für
einen Beischlafslohn nach Jaffa; ein Marseiller Kapitän nahm mich auf sein Schiff: Ich lag im Heck und
überließ mich dem warmen Beben des schäumenden

Meeres. In einer Bar des Piräus lehrte ein griechischer Philosoph mich die Weisheit wie ein zusätzliches Laster. In Smyrna erfuhr ich dank der Großzügigkeit eines Bankiers, wieviel mehr Weichheit die Haut einer nackten Frau durch das Geschwür der Auster und das Fell der wilden Tiere gewinnt, so daß ich zugleich beneidet und begehrt wurde. In Jerusalem gewöhnte ein Pharisäer mir an, die Heuchelei wie eine kußechte Schminke zu verwenden. In der Hinterstube einer Spelunke in Caesarea sprach ein geheilter Krüppel mir von Gott. Trotz des Flehens der Engel, die ihn wohl wieder in den Himmel zurückbringen wollten, strich Gott weiterhin von Dorf zu Dorf, verhöhnte die Priester, schmähte die Reichen, säte Zwietracht in den Familien, entschuldigte die Ehebrecherin, übte überall seinen skandalösen Messiasberuf aus. Selbst die Ewigkeit hat ihre Stunde: An einem der Dienstage, an denen er nur Berühmtheiten einlud, kam Simon der Pharisäer auf die Idee, Gott zu sich zu bitten. Ich hatte mich nur deshalb so herumgetrieben, weil ich diesem schrecklichen Freund eine weniger naive Rivalin abgeben wollte: Gott verführen, hieß Johannes seiner ewigen Stütze berauben; hieß ihn zwingen, mir wieder mit dem ganzen Gewicht seines Fleisches zuzufallen. Wir sündigen, weil Gott nicht ist; wir nehmen den Abschaum, weil sich uns nichts Vollkommenes darbietet. Sobald Johannes begreifen würde, daß Gott nur ein Mensch war, hätte er keinen Grund mehr, ihn meinem Busen vorzuziehen. Ich schmückte mich wie für einen Ball. Mein Eintritt in den Bankettsaal ließ die Kinnbak- ken stillstehen: die Apostel sprangen hastig auf, aus Furcht, sie könnten von meinem Rock gestreift und angesteckt werden; in den Augen der ehrbaren Leute war ich unrein, als hätte ich dauernd geblutet. Nur Gott blieb auf seiner ledernen Bank liegen: Instinktiv erkannte ich die Füße, die vom vielen Herumgehen auf allen Wegen unserer Hölle bis auf den Knochen durchgescheuert waren, die Haare, wimmelnd von Sternenungeziefer, die weiten, reinen Augen, einzige Überreste seines Himmels. Er war häßlich wie der Schmerz; er war schmutzig wie die Sünde. Ich fiel auf die Knie, schluckte meine Spucke hinunter, konnte der schrecklichen Last dieser Gottesnot keinen Sar- kasmus mehr aufbürden. Ich sah sofort, daß ich ihn nicht verführen konnte, da er mich nicht floh. Ich löste mein Haar, wie um die Blöße meiner Schuld besser zu bedecken; ich leerte vor ihm die Phiole mei- ner Erinnerungen. Ich begriff, daß dieser vogelfreie Gott eines Morgens wohl aus den Pforten der Däm- merung geglitten sein mußte, weg von den Personen der Dreifaltigkeit, die nun zu ihrem Erstaunen nur noch mu nicht waren. Er hatte sich in der Herberge der Tage eingemietet; er hatte sich an unzählige Passanten verschwendet, die ihm ihre Seele verwei- gerten, jedoch alle greifbaren Freuden von ihm ver- langten. Er hatte die Gesellschaft der Banditen ertra- gen, die Berührung der Leprakranken, den Übermut der Polizei: Wie ich fand er sich mit dem schaurigen Schicksal ab, allen zu gehören. Er legte seine große Hand, die bereits blutleer schien wie die einer Leiche, auf meinen Kopf. Man fällt immer nur von einer Sklaverei in die andere: Genau in dem Augenblick, als die Dämonen aus mir hinausfuhren, bin ich die von Gott Besessene geworden. Johannes verschwand aus meinem Leben, als sei der Evangelist nur der Vorläufer gewesen: Im Angesicht der Passion habe ich die Liebe vergessen. Ich akzeptierte die Reinheit als schlimmere Perversion: Ich verbrachte schlaflose Nächte, lag zitternd vor Tau und Tränen im Freien unter den Aposteln, diesem Haufen froststarrer, in ihren Hirten verliebter Schäflein. Ich habe die Toten beneidet, auf die die Propheten sich legen, um sie wiederzuerwecken. Ich habe dem göttlichen Wunderheiler bei seinen Kuren geholfen: Ich habe den Blindgeborenen Schlamm in die Augen geschmiert. Ich habe Martha am Tag des Mahles zu Bethanien an meiner Stelle schuften lassen, aus Angst, Johannes könne sich auf meinen leeren Schemel setzen und an die himmlischen Knie lehnen. Meine Tränen, meine Schreie haben diesem sanften Wundertäter die zweite Geburt des Lazarus abgerungen: Dieser in Bänder gewickelte Tote, der auf der Schwelle seines Grabes seine ersten Schritte tat, war fast unser Kind. Ich habe Jünger für ihn geworben; ich habe meine bleichen Hände in das Spülwasser des Abendmahls getaucht; ich hielt Wache auf dem Ölbergplatz, während sich der Erlösungsplan erfüllte. Ich habe ihn so sehr geliebt, daß ich ihn schließlich nicht mehr beklagte: Meine Liebe mühte sich nach Kräften, diese Not zu verschlimmern, die allein ihn zu Gott machte. Um seine Erlöserlaufbahn nicht zu gefährden, willigte ich in seinen Tod, so wie eine Mätresse in die vorteilhafte Heirat des Mannes willigt, den sie liebt: Als Pilatus uns zwischen einem Räuber und Gott wählen ließ, habe ich wie alle anderen geschrien, man solle Barrabas freilassen. Ich habe zugesehen, wie er sich auf das senkrechte Bett seiner ewigen Hochzeit legte; ich war beim schrecklichen Festzurren der Stricke dabei, beim Kuß des noch von Meeresbitterkeit durchtränkten Schwammes, beim Lanzenstich des Soldaten, der sich mühte, das Herz dieses erhabenen Vampirs zu durchstoßen, aus Angst, er könne sich wieder erheben, um unsere ganze Zukunft zu saugen. Ich fühlte auf meiner Stirn diesen sanften Raubvogel flattern, der an die Pforte der Zeiten genagelt ist. Ein Todeswind blähte den zerrissenen Himmel wie ein Segel; unter dem Gewicht des Kreuzes neigte die Welt sich auf die Seite des Abends. Der bleiche Kapitän hing an den Rahen des Dreimasters, den der Sündenfall in die Tiefe zog: Der Sohn des Zimmermanns büßte für die Rechenfehler seines Ewigen Vaters. Ich wußte, daß sein Opfergang nichts Gutes zeitigen würde. Als einziges würden die Menschen aus dieser Hinrichtung lernen, daß man sich Gottes entledigen kann. Der göttliche

Verurteilte streute nur unnütze Blutsaat über die Erde
aus. Die mit Blei gezinkten Würfel des Zufalls würden
vergeblich in der Faust der Wachen geschüttelt: Aus
den Fetzen des unendlichen Gewands konnte niemand sich ein Kleid machen. Vergeblich goß ich über
seine Füße die gebleichte Welle meines Haares; vergeblich habe ich versucht, die einzige Mutter zu trö
sten, die Gott empfangen hat. Meine Frauen- und
Hündinnenschreie gelangten nicht mehr bis zu meinem toten Meister. Die Schächer teilten wenigstens
dasselbe Leid: Am Fuß dieser Achse, durch die der
ganze Schmerz der Welt lief, hatte ich nur sein Zwie-
gespräch mit Dismas stören können. Man stellte Lei-
tern auf; man zog an Stricken. Gott löste sich wie eine
reife Frucht, die nur noch in der Graberde verfaulen
mußte. Zum ersten Mal akzeptierte sein lebloser
Kopf meine Schulter; der Saft seines Herzens ver-
pichte unsere Hände wie zur Zeit der Weinlese; Jo-
seph von Arimathäa ging mit einer Laterne voraus;
Johannes und ich wankten unter dieser Leiche, die
schwerer war als der Mensch; Soldaten halfen uns,
einen Kelterstein vor den Eingang des Grabes zu wälzen. Wir gingen erst in der Kälte der Abenddämme-
rung in die Stadt zurück. Bestürzt erkannten wir die
Geschäfte wieder, die Theater, die Unverschämtheit
der Tavernenkellner, die Abendzeitungen, in denen
die Passion unter Vermischtes stand. Ich verbrachte
die Nacht damit, die schönsten meiner Kurtisanenla-
ken auszuwählen; am frühen Morgen schickte ich

Martha fort, damit sie zum günstigsten Preis alles einkaufe, was sie an Räucherwerk finden würde. Die Hähne krähten, als wollten sie die Reue des Petrus auffrischen: Voll Erstaunen über das Kommen des Tages folgte ich einer Vorstadtstraße, wo Apfelbäume mich an den Sündenfall, und Weinberge an die Erlösung erinnerten. Obwohl der Wind von Norden blies, nahm man den Geruch der Gottesleiche nicht wahr. Von der Erinnerung, diesem unbestechlichen Engel geführt, betrat ich die Höhle, die in die tiefste Tiefe meiner selbst gehauen war; ich ging auf den Leichnam zu wie auf mein eigenes Grab. Ich hatte auf jede Osterhoffnung verzichtet, auf jedes Auferstehungsversprechen. Ich bemerkte nicht, daß der Kelterstein infolge irgendeiner göttlichen Gärung der ganzen Länge nach gespalten war. Gott war vom Tode aufgestanden wie von einem Lager der Schlaflosigkeit: Das ungemachte Grab ließ sich seine dem Gärtner abgebettelten Laken wegnehmen. Zum zweiten Mal in meinem Leben stand ich vor einem Bett, in dem nur ein Abwesender schlief. Die Weihrauchkörner rollten auf den Boden der Grabstätte, fielen auf den Grund der Nacht. Die Wände warfen mein Heulen eines ungesättigten Vampirs auf mich zurück. Ich geriet so sehr außer mir, daß ich mit dem Kopf an den Türsturz stieß. Im Schnee der Narzissen zeichnete sich keinerlei menschliche Spur ab: Die Gottesdiebe waren über den Himmel gegangen. Der Gärtner jätete tief gebückt ein Beet: Er hob den Kopf unter seinem großen Strohhut, der ihn mit einem Heiligenschein aus Sonne und Sommer krönte; mich erfaßte das süße Zittern verliebter Frauen, die zu spüren glauben, wie sich die Substanz ihres Herzens im ganzen Körper ausbreitet. Ich fiel auf die Knie. Er hatte den Rechen geschultert, mit dem er unsere Sünden löscht: In der Hand hielt er das Fadenknäuel und die Baumschere, die ihm die Parzen als ihrem ewigen Bruder anvertraut hatten. Vielleicht wollte er gerade über den Weg der Wurzeln in die Hölle hinab- steigen. Er kannte das Geheimnis der Nesseln, der Agonie des Wurms: Die Blässe des Todes haftete an ihm, so daß er aussah wie jemand, der sich als Lilie verkleidet hatte. Ich ahnte, daß er mit seiner ersten Handbewegung die vom Verlangen verseuchte Sün- derin wegschieben würde. In diesem Blumenuniver- sum fühlte ich mich als schleimige Schnecke. Die Luft war so kühl, daß mir schien, meine erhobenen Hände lägen auf Glas: Mein toter Meister hatte den Spiegel der Zeit durchschritten und befand sich nun auf der anderen Seite. Der Hauch meines Atems trübte das hohe Bild: Gott verblaßte wie ein Abglanz auf der Scheibe des Morgens. Mein undurchlässiger Körper war für diesen Auferstandenen nur noch ein Hindernis. Ein Splittern ertönte, vielleicht auf dem Grund von mir selbst. Vom Gewicht meines Herzens mitgerissen, fiel ich mit ausgebreiteten Armen nie- der: Hinter dem Spiegel, den ich soeben zerbrochen hatte, war nichts. Wieder war ich leerer als eine

Witwe, einsamer als eine verlassene Frau. Endlich erkannte ich Gott in seiner ganzen Schreck-
lichkeit. Gott hatte mir nicht nur die Liebe eines
Menschen gestohlen, in einem Alter, in dem man
glaubt, daß sie unersetzlich ist. Gott hatte mir einst
auch meine Schwangerschaftsbeschwerden genommen, meinen Wöchnerinnenschlaf, meine Altweiber-
siesten auf dem Dorfplatz, das Grab im Hintergrund
der Einfriedung, wo meine Kinder mich gebettet
haben würden. Nach meiner Unschuld hat Gott mir
meine Sünden entzogen: Kaum hatte ich mein Kurti-
sanendasein begonnen, da brachte er mich auch
schon um die Möglichkeit, die Bühne zu betreten
oder Caesar zu verführen. Nach seiner Leiche hat er
mir auch noch seinen Geist genommen: Ich sollte
mich nicht einmal an einem Traum berauschen. Wie
der schlimmste Eifersüchtige hat er die Schönheit
zerstört, die mich in die Betten der Lust hätte zu-
rückfallen lassen können. Meine Brüste sind schlaff;
ich gleiche dem Tod, dieser alten Mätresse Gottes. Wie von einem Wahn besessen hat er nur meine
Tränen geliebt. Doch dieser Gott, der mir alles genommen hat, hat mir nicht alles gegeben. Von der
unendlichen Liebe habe ich nur eine Brosame erhalten: Wie die nächstbeste Dahergelaufene habe ich
sein Herz mit den verworfenen Kreaturen geteilt.
Meine Liebhaber von einst legten sich auf meinen
Körper, ohne sich um meine Seele zu kümmern. Mein
himmlischer Herzensfreund wollte einzig diese ewige

Seele wärmen, so daß eine Hälfte von mir nicht aufhörte zu leiden. Und doch hat er mich gerettet. Ihm verdanke ich es, daß ich von den Freuden nur deren Unglücksanteil bekam, der allein unerschöpflich ist. Ich entgehe der Routine des Haushalts und des Bettes, dem Ballast des Geldes, der Sackgasse des Erfolgs, der Selbstgefälligkeit der Ehre, den Reizen der Niedertracht. Da dieser zur Liebe Magdalenas Verdammte in den Himmel entwichen ist, bleibt mir der fade Irrtum erspart, daß Gott mich braucht. Ich habe gut daran getan, mich von der großen göttlichen Welle überrollen zu lassen; ich bedaure nicht, daß der Herr mich mit seinen Händen umgeschaffen hat. Er hat mich weder vor dem Tod, noch vor dem Leid, noch vor dem Verbrechen gerettet, denn sie alle sind unsere Rettung. Er hat mich vor dem Glück gerettet.

Wenn ich dich wiedersehe, klärt sich alles. Ich leide willig.

Und du gehst fort? Du gehst fort? ... nein, du gehst nicht fort: Ich behalte dich. Du läßt in meinen Händen deine Seele zurück wie einen Mantel.

Nächster? Nein, du bist nahe. Ich beklage dich wie mich selbst.

Ich kannte junge Leute, die direkt der Welt der Götter entstiegen waren. Ihre Bewegungen erinnerten mich an die Bahnen der Gestirne; die Unempfindlichkeit ihres harten Porphyr-Herzens erstaunte mich nicht, wenn sie die Hand hinstreckten, war die Raffgier dieser exquisiten Bettler ein göttliches Laster. Wie alle Götter wiesen sie eine beklemmende Verwandtschaft mit den Wölfen auf, den Schakalen, den Nattern: Als Guillotinierte hätten sie das bleiche Aussehen geköpfter Marmorstatuen angenommen. Frauen, Mädchen kommen aus der Welt der Madonnen: Die Schlimmsten säugen die Hoffnung wie ein

Kind, das künftigen Kreuzigungen bestimmt ist. Einige meiner Freunde kommen aus der Welt der Weisen, aus einer Art innerlichem Indien oder China: Das Universum um sie zerfließt in Schwaden, an diesen kalten Teichen, in denen sich das Bild der Dinge spiegelt, und wo die Albträume herumstreichen wie gezähmte Tiger. Liebe, mein hartes Idol, deine nach mir ausgestreckten Arme sind knöcherne Schwingen. Ich habe aus dir meine Tugend gemacht: Ich bin bereit, in dir eine Herrschaft, eine Macht zu sehen. Ich steige in dieses schreckliche Flugzeug, das von deinem Herzen angetrieben wird. In den Absteigen, in denen wir uns zusammen am Abend herumtreiben, scheint dein nackter Körper ein Engel zu sein, dem über deine Seele zu wachen aufgegeben ist.

Mein Gott, in deine Hände befehle ich meinen Leib.

Man sagte: Verrückt vor Freude. Man müßte sagen: Weise vor Schmerz.

Besitzen ist das gleiche wie erkennen: Die Heilige Schrift hat immer recht. Die Liebe ist eine Zauberin: Sie weiß die Geheimnisse; sie ist eine Rutengängerin: Sie weiß die Quellen. Die Gleichgültigkeit ist einäugig; der Haß ist blind; sie stolpern Seite an Seite in den Graben der Verachtung. Die Gleichgültigkeit ist unwissend; die Liebe ist wissend; sie entziffert das Fleisch. Man muß einem Menschen beiliegen, um ihn nackt zu erschauen. Ich mußte dich lieben, um zu verstehen, daß der mittelmäßigste oder schlechteste aller Menschen es verdient, dort oben das ewige Opfer Gottes zu bewirken.

Vor sechs Tagen, vor sechs Monaten, vor nunmehr sechs Jahren, vor bald sechs Jahrhunderten... Ah! sterben, um die Zeit anzuhalten.

Phaidon

oder
der Taumel

*H*öre, Kebes… Ich spreche leise zu dir, denn nur wenn wir leise sprechen, hören wir uns zu. Ich werde sterben, Kebes. Sag nicht, das wüßtest du, und daß wir alle stürben. Euch Philosophen gilt die Zeit nichts. Sie existiert jedoch, da sie uns süßt wie Früchte und trocknet wie Kräuter. Wer liebt, ist ohne Zeit, denn er hat sich das Herz ausgerissen, um es dem zu geben, den er liebt; er ist gleichgültig gegenüber Tausenden von Männern und Frauen, die nicht seine Liebe sind; und darum weint und verzweifelt er unbeirrt. Wer geliebt wird, erkennt am Langsamerwerden dieser blutigen Uhren das Nahen des Alters und des Todes. Wer leidet, ist ohne Zeit; sie rast so schnell, daß sie sich aufhebt, denn jede Stunde der Qual ist ein Jahrhunderte währender Sturm. Sooft ein Schmerz mich heimsuchte, beeilte ich mich, ihm zuzulächeln, damit er zurücklächle, und alle Leiden nahmen das strahlende Gesicht einer Frau an, die um so schöner war, als man ihre Schönheit bisher nicht bemerkt hatte. Ich weiß vom Schmerz das, was mich sein Gegenteil lehrt, wie ich dem Leben die geringe

Kenntnis verdanke, die ich bereits vom Tod habe. Wie Narziß in der Quelle, so habe ich mich in menschlichen Pupillen gespiegelt: Das Bild, das ich dort sah, war so blendend, daß ich mir dankbar war für die Fähigkeit, so viel Glück zu schenken. Ich kenne von der Liebe das wenige, was liebende Augen mich gelehrt haben. Einst in Elis, als mich Ruhmesgemurmel umgab, hab ich die Fortschritte meines Jünglingsalters am zunehmenden Beben der Lächeln gemessen, die an meiner Seite zuckten. Ich lag auf der Vergangenheit meiner Sippe wie auf fruchtbarer Erde und mein Reichtum schmückte mich wie eine goldene Decke. Die Sterne kreisten wie Leuchtfeuer; die Blüten wurden Früchte; der Dung wurde Blüte; die Menschen zogen zu zweien vereint wie Sträflinge oder dörfliche Brautpaare vorbei: Die Flöte der Lust, die Trommel des Todes markierten den Rhythmus ihrer Valse Triste, der es nie an Tänzern mangelte. Ihr Weg, den sie für gerade hielten, schien dem im Zentrum lagernden Jungen kreisrund. Meine Haare wallten; meine Wimpern bedeckten die Augen, die auf ewig Gefangene meiner Brauen waren; mein Blut floß auf tausend Umwegen, wie die unterirdischen Ströme, die den nächtlichen Augen der Schatten schwarz erscheinen, sich aber als rot erwiesen, wenn die Sonne je bei den Toten aufginge. Mein Geschlecht bebte wie ein Vogel auf der Suche nach einem dunklen Nest. Mein Wachstum sprengte den Raum um mich wie eine blaue Rinde. Ich stand auf: Meine

Hände, die von den Mauern des Gymnasions zurück-
gestoßen wurden, streckten sich in die Nacht, versuchten Zeichen zu sammeln; die Bewegung entstand
in mir, wie ein göttliches Kreisen; der Frühlingsregen
rieselte auf meinen nackten Rumpf. Meine Fußsohlen blieben mein einziger Berührungspunkt mit der
schicksalhaften Erde, die mich eines Tages wieder zu
sich nehmen würde. Trunken vor Leben, taumelnd
vor Hoffnung klammerte ich mich, um nicht zu fallen, an die glatten und weichen Schultern von Spiel-
gefährten, die zufällig vorbeikamen; und dieses
Getümmel nannten wir Liebe. Meine zierlichen Lieb-
linge waren für mich nur Ziele, die ich ins Herz treffen mußte, Fohlen, die es galt, mit einer langsam
über den Hals gleitenden Hand zu streicheln, bis
unter dem blassen Moiré der Haut das rote Gewebe
des Bluts durchschien. Und die Schönsten, Kebes,
waren nur der Preis oder die Beute des Sieges, der
süße Becher, in den man sein ganzes Leben gießen konnte. Andere wieder waren Hürden, Hindernisse, Gräben, verborgen hinter grünen Faschinen.
Ich ging unter der Hut eines blinden Paidagogos
nach Olympia: Ich gewann den Preis beim Wett-
kampf der Knaben: Die Goldfäden des Stirnbandes
verloren sich, plötzlich unsichtbar geworden, in meinen Haaren. Meine Faust hob den Diskus, dessen
Schwung zwischen mein Ziel und mir die reine Kurve
eines Flügels zeichnete; zehntausend menschliche
Brüste keuchten bei der Bewegung meines nackten

Armes. Nachts betrachtete ich, auf dem Dach des väterlichen Hauses liegend, das Kreisen der Sterne in einem mit dunklem Sand bedeckten olympischen Stadion, aber ich versuchte nicht, mir meine Zukunft auszurechnen. Meine künftigen Tage schienen überzuquellen von Liebkosungen der Ringer, freundschaftlichen Püffen, von Pferden, die auf ein unausdenkliches Glück losgaloppierten. Plötzlich erscholl Geschrei an den Mauern meiner Geburtsstadt; ein Rauchschleier bedeckte das Antlitz des Himmels. Feuersäulen traten an die Stelle der Steinsäulen; das Geräusch von zerschellendem Geschirr übertönte in der Küche den Schrei der geschändeten Mägde; eine zerbrochene Leier stöhnte wie eine Jungfrau in den Armen eines Trunkenen. Meine Eltern verschwanden in den blutverpichten Ruinen. Alles schwankte, alles fiel, alles wurde vernichtet, ohne daß ich erfaßte, ob es sich um eine wahre Belagerung, um einen wirklichen Brand, um ein echtes Massaker handelte oder ob diese Feinde nur Liebhaber waren, und das Feuer nur mein Herz entflammte. Bleich und nackt sah ich das Spiegelbild meiner Schande in den goldenen Schilden und ich war diesen schönen Gegnern dankbar dafür, daß sie meine Vergangenheit niedertrampelten. Alles endet mit Peitschenhieben und Szenen der Sklaverei: Auch das, Kebes, ist eine Folge der Liebe. Die Hoffnung auf Gewinn hatte die Händler in die erstürmte Stadt gelockt; ich stand auf dem öffentlichen Platz: Die Welt mit ihren Ebenen, mit ihren Hügeln, wo meine Hunde nicht mehr die Hirsche hetzen würden, die Welt mit ihren Obstgärten voller Früchte, die mir nicht mehr zustanden, mit ihren Wellen, auf deren veilchenfarbener Seide ich nicht mehr träge treiben würde, das alles drehte sich um mich wie ein riesiges Rad, auf das ich zur Marter geflochten war. Das staubige Areal des Marktes war ein einziger Haufen von Armen, von Beinen, von Brüsten, den das Eisen der Lanzen durchwühlte; Schweiß und Blut liefen über mein Gesicht, das sich unter der Sonne wie zu einem Lächeln verzerrte. Schwarze Mückenschwärme klebten an unseren Wunden. Die unerträgliche Sonnenhitze zwang mich, abwechselnd die nackten Füße zu heben, so daß ich in meiner Panik zu tanzen schien. Ich schloß die Augen, um mein Bild nicht mehr in den obszönen Pupillen zu sehen: Ich hätte ertauben mögen, um nicht mehr die gemeinen Bemerkungen über meine Schönheit zu hören; mir die Nase zuhalten, um nicht mehr den Gestank der Seelen zu atmen, gegen den die Ausdünstung der Leichen ein Wohlgeruch war; schließlich jeden Geschmack verlieren, um den Hautgout meiner Gefügigkeit nicht mehr im Mund zu spüren. Doch meine gefesselten Hände machten es mir unmöglich zu sterben. Ein Arm glitt um meine Schulter, nicht liebkosend, sondern um mich zu stützen; die Bänder fielen von meinen Beinen; trunken vor Durst und Sonne verließ ich mit diesem Unbekannten das Massengrab, in dem all jene endeten, denen selbst die Schande sich verweigert hatte. Ich betrat ein Haus, dessen Lehmmauern ein wenig schlammige Frische speicherten; ein Strohhaufen wurde mir als Bett zugewiesen. Der Mann, der mich gekauft hatte, hielt mir den Kopf, um mir den einzigen Schluck Wasser einzuflößen, den der Schlauch noch enthielt. Ich glaubte zuerst an Liebe: Doch seine Hände verweilten auf meinem Körper nur, um meine Wunden zu verbinden. Dann, als er mich weinend mit einem Balsam einrieb, glaubte ich an Güte. Doch ich täuschte mich, Kebes: Mein Retter war Sklavenhändler, er weinte, weil er mich meiner Narben wegen in den Bordellen Athens nicht zum Höchstpreis verkaufen konnte; er versagte es sich, mich zu lieben, aus Angst vor einer zu starken Bindung an ein verderbliches Gut, dessen man sich schnellstmöglich entledigen muß, solange es noch frisch ist. Denn die Tugenden, Kebes, haben nicht alle dieselben Ursachen und sind nicht alle schön. Dieser Mann wollte mich nach Korinth zu seiner Sklavenladung bringen; er mietete für mich ein Pferd, damit meine Füße geschont würden. Er konnte nicht verhindern, daß einige seiner Tiere bei der Durchquerung einer Furt während eines Gewitters ertranken; wir mußten ohne Reittier die lange flammende Straße am Isthmus von Korinth entlangziehen; jeder von uns neigte sich unter der Last der Sonne zum Boden, bis er seinen Schatten berührte. Nach einem Pinienwald tat sich der Horizont auf, um uns

Athen zu zeigen: Die Stadt lag wie ein Mädchen züchtig hingestreckt zwischen dem Meer und uns. Der Tempel auf dem Hügel schlief wie ein rosa Gott. Meine Tränen, die das Unglück nicht hatten hervorbringen können, flossen nun für die Schönheit. Wir gingen noch am selben Abend durch das Dyplon-Tor. Die Stadt roch nach Urin, ranzigem Öl und Staub, den der Wind in der Luft herumtrug. Schnurhändler heulten an den Straßenkreuzungen, boten den Passanten eine Gelegenheit, sich zu erdrosseln, welche diese jedoch nicht ergriffen. Die Mauern der Häuser verbargen mir den Parthenon. Eine Laterne brannte über der Tür des Frauenhauses: Alle Zimmer quollen über von Teppichen und silbernen Spiegeln. Der Luxus meines Gefängnisses ließ mich fürchten, daß ich für immer dort bleiben müsse. Ich glitt zum Tanzen in den kleinen runden, mit niedrigen Tischen möblierten Saal, aufgeregter als am Morgen des Wettkampfs in Olympia. Als Kind hatte ich auf Wiesen voll wilder Narzissen getanzt, wobei ich darauf achtete, die Füße nur auf die frischesten Blumen zu setzen. Jetzt tanzte ich auf Spucke, auf Orangenschalen, auf den Splittern der Gläser, die Betrunkene hatten fallen lassen. Meine bemalten Nägel glänzten im Lichtkreis der Lampen; im Dunst warmen Fleisches und im Dampf der Lippen konnte ich das Gesicht der Gäste nicht deutlich genug sehen, um sie zu hassen. Ich war ein nacktes Gespenst, das für Phantome tanzte. Bei jedem Schlag der Fersen

auf dem verschmutzten Boden stampfte ich meine
Vergangenheit, meine Zukunft als junger Fürst ein
wenig tiefer ins Nichts: Mein verzweifelter Tanz trat
Phaidon mit Füßen. Eines Abends setzte sich ein
blondlippiger Mann an einen hell bestrahlten Tisch:
Auch ohne die Liebedienereien des Wirts hätte ich in
ihm ein Mitglied des menschlichen Olymps erkannt.
Er war schön wie ich, doch die Schönheit war nur ein
Attribut dieses vielgestaltigen Wesens, dem zum Gott
einzig die Unsterblichkeit fehlte. Die ganze Nacht
schaute dieser leicht betrunkene junge Mann mir
beim Tanzen zu. Am nächsten Tag kam er wieder,
doch nicht mehr allein. Der kleine, dickwanstige
Greis, der ihn begleitete, glich einem dieser Spiel-
zeuge, das ein Bleigewicht aufrecht erhält, trotz aller
Anstrengungen der Kinder, es zum Purzeln zu bringen. Man spürte, daß dieser dicke, listige Mann seinen Schwerpunkt hatte, seine Achse, seine eigene Fe-
stigkeit, welche die Bemühungen seiner Widerredner
nicht zu ändern vermochten: Das Absolute, worauf
er mit einem gewaltigen Satz seiner Satyrbeine ge-
sprungen war, diente diesem Menschen als Posta-
ment. Er war so konkret wie ein Baumstamm, so
ideal wie eine Karikatur und so selbstgenügsam, daß
er sein eigener Schöpfer geworden war. Die Vernunft
war für diesen Sophisten nur eine Art reiner Raum,
in dem er unermüdlich die Formen kreisen ließ: Alkibiades war Gott, doch dieser Straßenvagabund
schien All zu sein. Man suchte unter seinem faden-

scheinigen Mantel die Füße des Himmlischen Bocks. Dieser weisheitsschwangere Mann hatte große blasse Augen, wie Linsen, in denen die Tugenden und die Fehler der Seelen vergrößert erschienen. Sein starrer Blick schien die Muskeln meiner Beine, die Knochen meiner Gelenke zu stärken, als hätten sich die Flügel seiner Gedanken an meine Fersen geheftet. Vor diesem von einem plumpen Bildhauer gemeißelten Pan, der auf den Flöten der Vernunft die Melodien des ewigen Lebens spielte, wurde mein Tanz von einem Vorwand zu einer Funktion, wie der Gang der Gestirne; und so wie die Lasterhaften in der Weisheit den höchsten Wahn sehen, so sahen die weinseligen Zuschauer in meiner Leichtigkeit den Gipfel der Ausschweifung. Alkibiades klatschte in die Hände, um den Inhaber des Tanzhauses zu rufen: Mein Besitzer trat näher und wölbte dabei die Handfläche, um ein wenig Geld hineinfallen zu lassen. Dieser schändliche Mann erhoffte sich nicht nur einige Drachmen Gewinn: Jedes Laster, das er auf dem Grund des menschlichen Schlicks witterte, verschaffte ihm gleicherweise die Hoffnung auf ein fettes Geschäft und das tröstliche Gefühl einer gemeinen Kumpanei. Mein Herr rief mich, damit die Kunden die lebende Ware begutachten könnten: Ich setzte mich an ihren Tisch, und bei diesem jungen Mann, der meinem verlorenen Stolz glich, fand ich instinktiv mein Gebaren eines freien Kindes wieder. Nachdem er seinen Gürtel um alle Goldstücke erleichtert hatte, streifte Alkibiades, um den Kaufpreis voll zu machen, zwei seiner schweren Armbänder ab. Er wollte sich am nächsten Tag zum Krieg in Sizilien einschiffen. Ich träumte bereits davon, meine Brust wie einen süßen Schild zwischen ihn und die Gefahr zu schieben. Doch dieser junge zerstreute Gott hatte mich nur erworben, um Sokrates zu gefallen: Zum ersten Mal in meinem Leben fühlte ich mich zurück- gestoßen; diese demütigende Abweisung lieferte mich der Weisheit aus. Wir gingen zu dritt durch die vom letzten Gewitter ausgewaschene Straße: Alki- biades verschwand im Donner eines Kampfwagens; Sokrates nahm seine Laterne, und dieser magere Stern erwies sich hilfreicher als die kalten Himmels- augen. Ich folgte meinem neuen Herrn in sein klei- nes Haus, wo eine schlampige Frau, den Mund vol- ler Schmähungen, ihn erwartete; struppige Kinder kreischten in der Küche; Ungeziefer wimmelte in den Betten. Die Armut, das Alter, seine Häßlichkeit und die Schönheit der anderen geißelten diesen Gerech- ten mit Vipernriemen: Er war wie wir alle nur ein zum Tode verurteilter Sklave. Er fühlte auf sich die Erbärmlichkeit der familiären Zuneigung lasten, die meist nichts anderes ist als ein Mangel an Achtung. Doch statt sich durch fortwährende Entsagung frei zu machen, blieb dieser Mann unbeweglich wie ein Leichnam, der befürchtet, mit der Stirn an die Decke seines Grabs zu schlagen: Er hatte begriffen, daß das Schicksal nur eine Hohlform ist, in die wir unsere

Seele gießen, und daß das Leben und der Tod uns als Bildner akzeptieren. Dieser Faulpelz ahmte abwechselnd seinen Vater, den Steinmetz, und seine Mutter, die Hebamme nach: Als Geburtshelfer entband er die Seelen; als Bildhauer, der von Widersprüchen bedeckt war wie von einer Schicht Marmorstaub, schlug er aus den zarten Menschenblöcken ein Gottesbild. Seine Weisheit, mannigfaltig wie die Erscheinungsformen der Dinge, ersetzte für ihn die Freuden des Wüstlings, die Triumphe des Athleten, die erregenden Gefahren des Abenteuersuchenden auf dem Meer des Zufalls. Als Armer genoß er die Reichtümer, die ihm zugefallen wären, hätte er sich nicht unsichtbaren Gewinnen verschrieben; als Keuscher kostete er jeden Abend die Würze der Ausschweifungen, die er sich genehmigt hätte, wären sie ihm für Sokrates nützlich erschienen; als Häßlicher machte er einen reinen Gebrauch von der richtigen Schönheit, mit welcher der Zufall den Charmides geschmückt hatte, so daß der fast groteske Körper, der vom Schicksal seiner Seele als Behausung zugewiesen worden war, nur noch eine unter den vielen gleichwertigen Formen des unendlichen Sokrates darstellte. Wie bei dem vielleicht weltenschaffenden Gott bestand sein Anteil an der Freiheit aus seinen Geschöpfen. Er hatte begriffen, daß der Wirbel meiner nackten Füße der Unbeweglichkeit seiner geheimen Extasen verwandt war: Ich habe ihn aufrecht stehen sehen, gleichgültig gegen die Gestirne, die kreisten, ohne ihn in Taumel zu versetzen, eine schwarze massige Form vor der klaren attischen Nacht, ein Mann, der ohne schwach zu werden, den grausamen Eiswind ertrug, der aus den Tiefen Gottes weht. Am Morgen bin ich die Lavendelfelder entlang diesem sublimen Kuppler gefolgt, der jeden Tag der Jugend Athens neue nackte Wahrheiten präsentierte. Ich habe ihn die Königliche Säulenhalle entlang begleitet, wo der Tod nach ihm in der Gestalt des Anytos schrie wie ein Käuzchen. Der Schierling war in einem Winkel des ausgedörrten Landes gewachsen: Ein Töpfer der Agora hatte den Becher geknetet, in den das Gift gegossen würde; die Verleumdungen hatten Zeit gehabt, in der Sonne der Verachtung zu reifen. Nur ich wußte von der Müdigkeit des Weisen, nur ich hatte ihn aus seinem elenden Bett steigen sehen, gesehen, wie er sich keuchend nach seinen Sandalen bückte. Doch die Erschöpfung allein hätte diesen siebzigjährigen Mann nicht dazu gebracht, auf das zu verzichten, was ihm an Atem blieb. Dieser Greis, der sein ganzes Leben eine klare Wahrheit gegen eine noch hellere, ein geliebtes schönes Gesicht gegen ein noch schöneres eingetauscht hatte, fand endlich Gelegenheit, den banalen und langsamen Tod, den seine Arterien vorbereiteten, durch einen nützlicheren, gerechteren Tod zu ersetzen, einen Tod, gezeugt von seinen Taten, aus ihm hervorgegangen wie ein besorgter Sohn, der ihn bei Einfall der Nacht auf sein Lager betten würde. Dieser Tod, der solide genug war, um die Erinnerung an ihn ein paar Jahrhunderte wachzuhalten, reihte sich ein in die Folge guter Taten, aus denen sein Leben bestanden hatte und verlängerte seinen Weg zu einem ewigen Leben. Es war gerecht, daß Athen auf dem harten Urgrund der Gesetze täglich immer noch stolzere Tempel errichtete zu Ehren von stündlich immer noch vollkommeneren Gottheiten; es war gerecht, daß er, der Verächter, unter diesen Säulenhallen, die weniger schön waren als ein reiner Gedanke, die jungen Männer lehrte, nur ihrer Seele zu vertrauen. Es war gerecht, daß ein Diener in Trauerkleidung auf Befehl der Heliaden ihm den Becher mit dem bitteren Trank brachte; und es war auch gerecht, daß dieser friedliche Tod sich von soviel Azur abhob und doch nur dazu diente, die Bläue zu vertiefen. Der Tod hatte für ihn wohl noch mehr Reize als Alkibiades, denn er verwehrte es dem Tod nicht, zu ihm ins Bett zu steigen. Es war an einem Tag jener Jahreszeit, zu der die jungen Bettler die Hände voller Rosen haben, zur Stunde, da die Sonne Athen mit Küssen bedeckt, bevor sie der Stadt Lebewohl sagt. Eine Barke, weiß wie der Schwan des Gottes, zu dem die Pilger gewallfahrt waren, fuhr mit gefalteten Flügeln in den Hafen. Der Kerker war in die Flanke eines Felsens gehauen; die offene Tür ließ die Brise und den Ruf der Wasserträger herein; vom Grund des höhlenartigen Gefängnisses aus enthüllte sich uns der blaßlila Tempel wie eine göttliche Idee. Der reiche Kriton ächzte entrüstet, weil der Meister ihm nicht erlaubt hatte, einen goldgepflasterten Fluchtweg in die Freiheit zu bauen; Apollodoros weinte tränenschniefend wie ein Kind; meine beklommene Brust hielt ihre Seufzer zurück; Platon war abwesend. Simnias notierte, einen Griffel in der Hand, hastig die letzten Worte des unwiederbringlichen Mannes. Doch schon kamen die Wörter nur noch widerwillig aus dem befriedeten Mund: Dieser Weise begriff wohl, daß die Wege des Gesprächs, die er sein ganzes Leben unermüdlich entlanggegangen war, nur an den Rand der Stille führen konnten, wo das Herz der Götter schlägt. Es kommt immer ein Augenblick, da man zu schweigen lernt, vielleicht, weil man endlich würdig ist, zuzuhören, ein Moment, in dem man aufhört zu handeln, weil man gelernt hat, etwas Unbewegliches fest zu betrachten, und diese Weisheit muß die Weisheit der Toten sein. Ich kniete am Bett: Der Meister legte die Hand auf mein wallendes Haar. Ich wußte, daß sein zu einem erhabenen Scheitern bestimmtes Leben seine vornehmsten Tugenden aus der Gloriole der Liebe schöpfte, nach der es angeblich nur strebte, um sie hinter sich zu lassen. Da schließlich das Fleisch das schönste Kleid ist, in das die Seele sich hüllen kann, was wäre da Sokrates ohne Alkibiades' Lächeln und Phaidons Haar? Diesem Greis, der von der Welt nur die Vororte Athens kannte, hatten einige süße geliebte Körper nicht nur das Absolute gelehrt, sondern auch das All. Seine ein wenig zit-

ternden Hände verloren sich auf meinem Nacken wie
in einem Tal, in dem der Frühling sich regt: Er ahnte
endlich, daß die Ewigkeit aus einer Reihe von Au-
genblicken besteht, deren jeder einzigartig war, er
spürte die seidige und blonde Form des ewigen Lebens unter seinen Fingern verrinnen. Der Kerker-
meister kam mit dem Becher, der voll war vom tödlichen Saft der unschuldigen Pflanze; mein Meister
leerte ihn; man nahm ihm die Eisen ab; ich massierte
sanft die vor Müdigkeit geschwollenen Beine, und
sein letztes Wort galt der Wollust, von der er sagte,
sie gleiche ihrem Bruder, dem Schmerz. Ich weinte
bei diesem Ausspruch, der mein Leben rechtfertigte.
Nachdem er sich hingelegt hatte, half ich ihm, das
Antlitz mit den Falten seines alten Mantels zu bedek-
ken. Ich fühlte zum letzten Mal, wie der gute kurz-
sichtige Blick seiner großen traurigen Hundeaugen
auf meinem Gesicht ruhte. Da, Kebes, befahl er uns,
dem Gott der Medizin einen Hahn zu opfern: Das
Geheimnis dieser letzten Ironie nahm er mit sich.
Ich glaubte jedoch zu verstehen, daß dieser Mann,
ermattet von einem halben Jahrhundert Weisheit,
einen guten Schlummer zu tun gedachte, bevor er
sein Glück mit der Auferstehung versuchen wollte;
da er der Zukunft nicht sicher und ein für alle-
mal damit zufrieden war, Sokrates gewesen zu sein,
wünschte er dem Boten des ewigen Morgens den Hals
umzudrehen. Die Sonne ging unter; der Frost stieg
zum Herzen: Erkalten, das ist der wahre Tod des

Weisen. Wir, seine Schüler, waren bereit, uns zu trennen, um uns nie wiederzusehen, und wir empfanden füreinander nur Gleichgültigkeit, Überdruß, vielleicht sogar Groll: Schon waren wir nur mehr die verstreuten Glieder des erlöschenden Philosophen. Alle entwickelten rasch die Todeskeime, die ihr Leben enthielt: Alkibiades erlag den Pfeilen der Zeit auf der Schwelle zum reifen Alter; Simmias verfaulte lebend auf der Bank einer Taverne, und der reiche Kriton starb am Schlagfluß. Nur ich ziehe, so schnell, daß ich davon unsichtbar geworden bin, weiterhin meine maßlose Parabel um einige Gräber. Auf Weisheit tanzen, heißt auf Sand tanzen. Das Meer der Bewegung reißt jeden Tag ein Stück dieses vertrockneten Bodens weg, auf dem das Leben nicht sprießt. Die Unbeweglichkeit des Todes kann für mich nur ein letzter Zustand der höchsten Geschwindigkeit sein: Der Druck der Leere wird mein Herz zersprengen. Schon überschreitet mein Tanz die Wälle der Städte, das Plateau der Akropolen und mein Körper, der sich wie die Spindel der Parzen dreht, haspelt seinen eigenen Tod ab. Meine schaumbedeckten Füße treten noch auf den unentwegt zusammenfallenden Kamm der Wellen, doch mein Scheitel berührt die Gestirne und der Wind aus den Weltenräumen entreißt mir die wenigen Erinnerungen, die mich daran hindern, nackt zu sein. Sokrates und Alkibiades sind nur noch Namen, Chiffren, sinnlose Figuren, vom Tritt meiner Füße ins Nichts gezeichnet.

Der Ehrgeiz ist nur ein Trug; die Weisheit hat sich getäuscht; selbst das Laster hat gelogen. Es gibt weder Tugend, noch Mitleid, noch Liebe, noch Scham und auch nicht ihre mächtigen Gegenteile, es gibt nur eine leere Schale, die auf dem Scheitel einer Freude tanzt, welche auch Schmerz ist, einen Schönheitsblitz in einem Formengewitter. Phaidons Haar sticht aus der Nacht des Alls wie ein trauriger Meteor.

Liebe ist Strafe. Wir werden dafür bestraft, daß wir nicht allein bleiben konnten.

Man muß einen Menschen lieben, damit man Gefahr läuft, darunter zu leiden. Man muß dich sehr lieben, um fähig zu bleiben, dich zu leiden.

Ich kann nicht umhin, in meiner Liebe eine raffinierte Form der Ausschweifung zu sehen, eine List, um die Zeit totzuschlagen, um mich der Zeit zu entschlagen. Die Lust setzt mitten im Himmel zu einer Notlandung an, im wilden Motorgeräusch der letzten Herzstöße. Das Gebet steigt auf; die Seele zieht den Körper mit in die Himmelfahrt der Liebe. Dazu bedarf es eines Gottes. Du bist schön, blind und anmaßend genug, um einen Allmächtigen abzugeben. In Ermangelung eines Besseren habe ich aus dir die Stütze meines Universums gemacht.

Dein Haar, deine Hände, dein Lächeln erinnern von ferne an jemanden, den ich anbete. An wen wohl? An dich.

Zwei Uhr morgens. Die Ratten zernagen in den Mülltonnen die Reste des toten Tages: Die Stadt gehört den Gespenstern, den Mördern, den Schlafwandlern. Wo bist du, in welchem Bett, in welchem Traum? Wenn ich dich träfe, würdest du ohne mich zu sehen an mir vorbeigehen, denn wir sind nicht über unsere Träume zusammengekommen. Ich habe keinen Hunger: Ich bin die ganze Nacht herumgegangen, um die Erinnerung an dich zu verdauen. Ich habe keinen Schlaf: Ich habe nicht einmal Appetit auf den Tod. Unwillkürlich benommen durch den heraufziehenden Morgen sitze ich auf einer Bank und vergesse allmählich, daß ich dich vergessen will. Ich schließe die Augen... Die Diebe haben es nur auf unsere Ringe abgesehen, die Liebhaber nur auf unser Fleisch, die Prediger nur auf unsere Seele, die Mörder nur auf unser Leben. Sie können mir das meine nehmen; aber sie können nicht das Geringste an ihm ändern. Ich lege den Kopf zurück, um über mir die Bewegung der Blätter zu spüren... Ich bin in einem Wald, in einem Feld... Es ist die Stunde, da die Zeit sich in einen Straßenkehrer verkleidet, und Gott sich vielleicht in einen Lumpensammler. Er, der so geizig ist, so starrsinnig, er, der nicht will, daß eine Perle in den Haufen der Austernschalen vor den Türen der Tavernen verlorengehe. Vater unser, der du bist im Himmel... Werde ich es je erleben, daß ein alter Mann sich neben mich setzt, der einen braunen Mantel trägt und dessen Füße schlammverschmiert sind, weil er, um zu mir zu kommen, weiß Gott welche Flüsse durchwatet hat? Er würde sich auf die Bank fallen lassen und in der geschlossenen Faust ein sehr wertvolles Geschenk halten, das genügte, um alles zu ändern. Er würde die Finger langsam öffnen, einen nach dem anderen, sehr vorsichtig, denn das Ding könnte davonfliegen. Was würde er halten? Einen Vogel, einen Keim, ein Messer, einen Schlüssel, um die Konservendose des Herzens zu öffnen?

Geist? Im Schmerz? Es ist ja auch Salz in den Tränen.

Angst vor nichts? Ich habe Angst vor dir.

Klytämnestra

oder
Das Verbrechen

*I*ch werde es erklären, hohes Gericht... Ich habe
vor mir unzählige Augenhöhlen, Hände, die im
Kreis auf den Knien liegen, nackte Füße, die auf dem
Stein stehen, starre Pupillen, aus denen der Blick
schießt, geschlossene Münder, in deren Schweigen
ein Urteil reift. Ich habe diesen Mann in der Badewanne erschlagen, mit Hilfe meines elenden Liebha-
bers, der es nicht einmal fertigbrachte, ihm die Füße
zu halten. Ihr kennt meine Geschichte: Jeder von
Euch hat sie zwanzigmal am Ende langer Mähler
zum besten gegeben, unter dem Gähnen der Diene-
rinnen und jede Eurer Frauen hat in einer Nacht ihres Lebens davon geträumt, Klytämnestra zu sein.
Eure kriminellen Gedanken, Eure uneingestande-
nen Wünsche fließen die Stufen herab und ergießen
sich in mich, so daß eine Art schreckliches Hin und
Her Euch zu meinem Gewissen und mich zu Eurem
Aufschrei macht. Ihr seid hierhergekommen, damit
sich die Mordszene unter Euren Augen wiederhole,
ein wenig rascher als in der Wirklichkeit, denn auf
Euch wartet zu Hause das Nachtmahl und Ihr könnt

daher meinen Tränen nur einige Stunden widmen. Und in dieser kurzen Zeit sollen nicht nur meine Taten, sondern auch deren Beweggründe voll ans Licht treten, Taten und Gründe, die vierzig Jahre brauchten, um heranzureifen. Ich habe auf diesen Mann gewartet, bevor er einen Namen hatte, ein Gesicht, ich habe schon zu einer Zeit auf ihn gewartet, als er erst mein fernes Unglück war. Ich habe in der Menge der Lebenden diesen Menschen gesucht, den ich zu meinen künftigen Wonnen brauchte: Ich habe die Männer betrachtet, wie man auf einem Bahnsteig die ankommenden Reisenden mustert, um sicher zu sein, daß der Erwartete nicht darunter ist. Für ihn hat meine Amme mich gewickelt, als ich aus dem Leib meiner Mutter kam; nur um die Kontobücher seines reichen Haushalts zu führen, habe ich auf den Schiefertafeln der Schule rechnen gelernt. Ich habe, um mich zu seiner Magd zu machen, goldene Tücher und Standarten gewebt, zur Beflaggung der Straße, worauf dieser Unbekannte vielleicht seinen Fuß setzen würde; in meinem heißen Bemühen habe ich hie und da einige Tropfen meines Blutes auf den weichen Stoff fallen lassen. Meine Familie hat ihn für mich gewählt: Und selbst wenn er mich entführt hätte, wäre ich noch immer dem Wunsch meiner Eltern nachgekommen, da unsere Neigungen von ihnen stammen, und der Mann, den wir lieben, immer der Mann ist, den sich unsere Vorfahren erträumt haben. Ich ließ es zu, daß er die Zukunft unserer Kinder seinem Männerehrgeiz opferte: Ich habe nicht einmal geweint, als meine Tochter daran starb. Ich wollte in seinem Schicksal vergehen wie eine Frucht auf seiner Zunge, um ihm einzig die Empfindung der Süße zu geben. Hohes Gericht, Ihr habt ihn nur gekannt, als er vom Ruhme aufgeschwemmt und durch zehn Jahre Krieg gealtert war, ein riesiger Götze, den die Liebkosungen der Asiatinnen abgenutzt und der Schlamm der Schützengräben verdreckt hatten. Nur ich war mit ihm in seiner Götterzeit zusammen. Wie süß war es, ihm auf einem großen Kupfertablett das Glas Wasser zu reichen, das in ihm seinen Vorrat an Frische auffüllen würde; wie süß war es, in der glühenden Küche die Speisen zu bereiten, die seinen Hunger stillen und ihn mit Blut füllen würden... Wie süß war es, schwer von menschlichen Keimen die Hände auf meinen schwellenden Bauch zu legen, in dem meine Kinder sprossen. Am Abend, wenn er von der Jagd kam, warf ich mich voll Freude an seine goldene Brust. Doch die Männer sind nicht dazu geschaffen, sich ihr ganzes Leben die Hände am selben Herd zu wärmen: Er brach zu neuen Eroberungen auf und ließ mich zurück wie ein großes leeres Haus, das vom Schlag einer nutzlosen Uhr erfüllt ist. Die Zeit, die ich fern von ihm verbrachte, verfloß müßig, tropfenweise oder in Strömen, wie verlorenes Blut und machte mich täglich ärmer an Zukunft. Trunkene Urlauber erzählten mir von seinem Leben in den Lagern der Etappe: Die Orientarmee wim-

melte von Frauen: Jüdinnen aus Saloniki, Armenie-
rinnen aus Tiflis, deren blaue Augen unter schwarzen Brauen an Quellen auf dem Grund einer dunklen Grotte erinnern, Türkinnen, prall und süß wie
Honiggebäck. Ich erhielt Briefe an den Jahrestagen;
mein Leben war nur noch ein Lauern auf den hin-
kenden Schritt des Postboten. Tags kämpfte ich gegen die Angst, nachts gegen die Lust, immer gegen
die Leere, diese schlaffe Form des Unglücks. Die
Jahre zogen die verlassenen Straßen entlang vorbei
wie eine Prozession von Witwen; der Dorfplatz war
schwarz von Frauen in Trauer. Ich beneidete diese
Unglücklichen, weil sie nur noch die Erde zur Rivalin
hatten und zumindest wußten, daß ihr Mann allein
schlief. Ich überwachte an seiner Statt die Feldar-
beiten und die Meeresstraßen; ich fuhr die Ernten in
die Scheuer; ich ließ die Köpfe der Räuber an den
Marktbaum nageln; ich bediente mich seines Ge-
wehrs, um die Krähen abzuschießen; ich schlug die
Flanken seiner Jagdstute mit meinen braunen Lei-
nengamaschen. Ich setzte mich allmählich an die
Stelle des Mannes, der mir fehlte und von dem ich
besessen war. Ich betrachtete schließlich den weißen
Hals der Mägde mit dem gleichen Auge wie er. Ägisth
galoppierte an meiner Seite über das Brachland;
seine Jugend deckte sich mit meiner Witwenzeit; er
hatte fast das Mannesalter erreicht; er versetzte mich
in die Zeit der Küsse zurück, die ich in den Wäldern
mit den Vettern während der großen Ferien ge-

tauscht hatte. Ich betrachtete ihn weniger als einen Liebhaber, denn als ein Kind, das die Abwesenheit mir gemacht hätte; ich bezahlte die Rechnungen seiner Sattler und Pferdehändler. Selbst in der Untreue ahmte ich meinen Mann nach: Ägisth war für mich das Gegenstück zu den asiatischen Frauen und zum schändlichen Argynnos. Hohes Gericht, es gibt nur einen Mann auf der Welt: Der Rest ist für jede Frau eine Verirrung oder ein Notbehelf. Und der Ehebruch ist oft nur eine verzweifelte Form der Treue. Wenn ich jemanden betrogen habe, dann diesen armen Ägisth. Ich brauchte ihn, um zu wissen, wie unersetzlich der war, den ich liebte. Sooft ich es müde war, Ägisth zu liebkosen, stieg ich auf den Turm, um die Schlaflosigkeit des Spähers zu teilen. Eines Nachts entflammte der Horizont im Osten drei Stunden vor der Morgenröte. Troja brannte: Der Wind aus Asien trug Funkenregen und Aschenwolken über das Meer; auf den Gipfeln entzündeten die Wachposten Freudenfeuer; der Berg Athos und der Olymp, der Pindos und der Erymanthos loderten wie Scheiterhaufen; schließlich züngelte eine Flamme auf dem kleinen Hügel gegenüber, der mir seit fünfundzwanzig Jahren den Horizont verstellte. Ich sah, wie die behelmte Stirn des Spähers sich neigte, um das Murmeln der Wellen aufzunehmen: Irgendwo auf dem Meer lehnte sich ein goldbetreßter Mann an den Bug und ließ mit jeder Drehung der Schiffsschraube seine Frau und sein fernes Heim näher zu sich heranbringen. Ich stieg vom Turm und versah mich mit einem Messer. Ich wollte Ägisth töten, das Holz des Bettes und den Boden des Schlafzimmers scheuern lassen, aus den Tiefen einer Truhe das Kleid ziehen, das ich bei seiner Abreise getragen hatte, ich wollte einfach diese zehn Jahre aus der Summe meiner Tage streichen wie eine simple Null. Als ich an einem Spiegel vorbeiging, blieb ich stehen, um hineinzulächeln. Plötzlich bemerkte ich mich; und dieser Anblick erinnerte mich daran, daß ich graue Haare hatte. Hohes Gericht, zehn Jahre, das zählt: Das ist länger als die Entfernung zwischen Troja und Mykene; es ist auch höher als der Ort, wo wir sind, denn man kann nur zeitabwärts gehen und nicht zeitaufwärts. Es ist wie in Alpträumen: Jeder Schritt, den wir tun, entfernt uns vom Ziel statt uns ihm näher zu bringen. An Stelle der jungen Frau würde der König auf der Schwelle seines Hauses eine Art dickleibige Köchin finden, er würde sie zu dem guten Zustand der Hühnerhöfe und der Weinkeller beglückwünschen: Ich konnte nur noch einige kalte Küsse erwarten. Wäre ich mutig gewesen, ich hätte mich vor der Stunde seiner Rückkehr getötet, um auf seinem Gesicht nicht die Enttäuschung über eine verwelkte Frau lesen zu müssen. Doch ich wollte ihn wenigstens noch einmal sehen, bevor ich starb. Ägisth weinte vor Schrecken in meinem Bett, wie ein unartiges Kind, das die Bestrafung durch den Vater herankommen fühlt; ich schmiegte mich an ihn; ich sagte mit meiner sanfte-

sten Lügnerinnenstimme, daß von unseren nächtlichen Treffen nichts durchsickern und daß sein On-
kel keinen Grund haben werde, ihn nicht mehr zu
lieben. Insgeheim hoffte ich jedoch, daß er bereits
alles wußte, und daß die Wut und die Rachsucht mir
auf diese Weise einen Platz in seinen Gedanken ein-
räumen würden. Um sicher zu gehen, legte ich der
Post, die man ihm an Bord ausliefern würde, einen
anonymen Brief bei, in dem ich meine Verfehlungen
übertrieb: Ich schliff das Messer, das mir das Herz
öffnen sollte. Vielleicht hoffte ich auch, daß er mich
mit seinen beiden Händen, die ich so oft geküßt hatte,
erwürgen würde: Ich würde dann wenigstens in einer
Art letzter Umarmung sterben. Es kam der Tag, an
dem das Kriegsschiff endlich unter ohrenbetäuben-
den Hochrufen und Fanfarenstößen im Hafen von
Nauplia festmachte; die mit Klatschmohn bedeckten
Böschungen schienen auf Befehl des Sommers beflaggt; der Lehrer hatte den Dorfkindern schulfrei
gegeben; die Glocken der Kirche läuteten. Ich war-
tete am Löwentor; ein rosa Sonnenschirm schminkte
meine Blässe. Die Räder des Wagens knirschten auf
dem steilen Abhang; die Männer des Dorfes spannten
sich an die Deichseln, um die Pferde zu entlasten. An
einer Wegbiegung sah ich endlich das Oberteil der
Kalesche über einer Hecke erscheinen, und ich bemerkte, daß mein Mann nicht allein war. Neben ihm
saß diese türkische Hexe, die er als seinen Anteil an
der Beute gewählt hatte, obwohl sie aus den Spielen

der Soldaten vielleicht ein wenig beschädigt hervorgegangen war. Sie war fast noch ein Kind; sie hatte
schöne dunkle Augen in einem gelben, von Schlag-
wunden tätowierten Gesicht; er streichelte ihr den
Arm, damit sie nicht weine. Er hob sie vom Wagen;
er küßte mich kalt, sagte, er zähle auf meine Groß-
mut und verlasse sich darauf, daß ich diese junge
Vollwaise gut behandeln würde; er drückte Ägisth
die Hand. Auch er hatte sich verändert. Er bewegte
sich keuchend; sein gewaltiger roter Hals quoll über
den Hemdkragen; sein rotgefärbter Bart verlor sich
in den Falten seiner Brust. Er war noch immer schön,
jedoch schön wie ein Stier und nicht mehr wie ein
Gott. Er ging mit uns die Stufen hinauf zum Vorraum, den ich mit Purpur hatte auslegen lassen wie
am Tag meiner Hochzeit, damit man mein Blut nicht
sehen sollte. Er sah mich kaum an; beim Nachtmahl
bemerkte er nicht, daß ich ihm alle seine Lieblings-
speisen hatte zubereiten lassen; er trank zwei, drei
Gläser Schnaps; der aufgerissene Umschlag des anonymen Briefes ragte aus einer seiner Taschen; er
zwinkerte Ägisth zu; beim Dessert stammelte er betrunken Witze über Frauen, die sich trösten lassen.
Der endlos lange Abend schleppte sich auf der von
Mücken wimmelnden Terrasse dahin: Er sprach tür-
kisch mit seiner Begleiterin; sie war angeblich die
Tochter eines Stammeshäuptlings; an einer ihrer Bewegungen bemerkte ich, daß sie ein Kind erwartete.
Es war vielleicht von ihm, oder von einem der Sol-

daten, die sie lachend aus dem väterlichen Lager gezerrt und mit Peitschenhieben in unsere Schützengräben gejagt hatten. Sie besaß anscheinend die Gabe, die Zukunft zu erraten: Um uns zu zerstreuen, las sie uns aus der Hand. Da erbleichte sie und ihre Zähne schlugen aufeinander. Auch ich, hohes Gericht, kannte die Zukunft. Alle Frauen kennen sie: Sie erwarten immer das Schlimmste. Er hatte die Gewohnheit, vor dem Schlafengehen ein heißes Bad zu nehmen. Ich stieg hinauf, um alles vorzubereiten: Das Geräusch des einlaufenden Wassers erlaubte mir, laut zu schluchzen. Das Badezimmer wurde mit Holz geheizt. Eine Axt, die zum Spalten der Scheite diente, lag auf dem Boden; ohne zu wissen warum, versteckte ich sie hinter dem Handtuchhalter. Einen Augenblick lang war ich versucht, alles für einen Unfall anzuordnen, der keine Spuren hinterlassen und auf die Petroleumlampe als einzig Schuldige weisen würde. Doch ich wollte ihn zwingen, mir zumindest im Sterben ins Gesicht zu sehen: Ich tötete ihn nur, damit er einsehen müsse, daß ich keine bedeutungslose Sache war, die man fallen lassen oder an den Erstbesten abtreten konnte. Leise rief ich Ägisth; er wurde aschfahl, als ich den Mund öffnete: Ich befahl ihm, auf dem Vorplatz zu warten. Der andere stapfte schwerfällig die Treppen hoch; er zog das Hemd aus; seine Haut wurde in dem warmen Wasser violett. Ich seifte ihm den Nacken: Ich zitterte so stark, daß die Seife mir dauernd aus den Händen glitt. Er rang ein wenig nach Luft; barsch befahl er mir, das Fenster zu öffnen, das für mich zu hoch lag; ich rief Ägisth, daß er kommen und mir helfen solle. Sobald Ägisth eingetreten war, verschloß ich die Tür. Der andere sah uns nicht, da er uns den Rücken zukehrte. Mein erster Schlag war ungeschickt und öffnete ihm nur die Schulter; er richtete sich hoch auf; sein gedunsenes Gesicht überzog sich mit schwarzen Flecken; er brüllte wie ein Ochse; der entsetzte Ägisth umklammerte seine Knie, vielleicht, um ihn um Verzeihung zu bitten. Der andere verlor auf dem glitschigen Boden der Badewanne das Gleichgewicht und fiel wie ein Sack, sein Gesicht tauchte ins Wasser mit einem Gurgeln, das einem Röcheln glich; da versetzte ich ihm den zweiten Schlag, der seine Stirn spaltete. Doch ich glaube, er war bereits tot: Vor uns war nur noch ein weiches und warmes Bündel. Es war die Rede von roten Fluten; in Wirklichkeit blutete er kaum. Ich habe bei der Geburt seines Sohnes mehr Blut vergossen. Nach ihm haben wir seine Mätresse umgebracht: Das war, wenn sie ihn liebte, besser für sie. Die Dorfbewohner haben unsere Partei ergriffen; sie schwiegen. Mein Sohn war zu jung, um seinem Haß auf Ägisth freien Lauf zu lassen. Einige Wochen vergingen: Ich hätte mich ruhig fühlen müssen, doch Ihr wißt ja, meine Herren Richter, daß man nie zu einem Ende kommt, und daß alles immer wieder von vorne beginnt. Ich habe von neuem auf ihn gewartet: Er ist gekommen. Schüttelt nicht den Kopf: Ich sage

Euch, er ist wiedergekommen. Er, der es zehn Jahre nicht die Mühe wert fand, einen achttägigen Urlaub zu nehmen, um von Troja zurückzukommen, ist vom Tod zurückgekehrt. Ich mochte ihm noch so oft die Füße abschneiden, um ihn am Verlassen des Friedhofs zu hindern: Er schlich sich doch am Abend zu mir, mit seinen beiden Füßen unter dem Arm, wie ein Einbrecher, der seine Schuhe in der Hand trägt, um keinen Lärm zu machen. Er deckte mich mit seinem Schatten; er schien nicht einmal zu bemerken, daß Ägisth bei mir war. Dann hat mein Sohn mich auf dem Polizeirevier angezeigt: Doch mein Sohn, das ist nur er selbst als Wiedergänger, als fleischgewordenes Gespenst. Ich glaubte, wenigstens im Gefängnis meine Ruhe zu finden; aber er kam trotzdem, als sei mein Kerker ihm lieber als sein Grab. Ich weiß, daß mein Kopf schließlich auf dem Dorfplatz fallen, und der Kopf des Ägisth unter dasselbe Messer kommen wird. Wie merkwürdig, hohes Gericht. Man könnte meinen, Ihr hättet mich bereits oft verurteilt. Doch ich weiß aus Erfahrung, daß die Toten nicht ruhen: Ich werde wieder aufstehen und Ägisth wie ein trauriges Windspiel hinter mir herziehen. Ich werde nachts die Straßen entlangstreichen auf der Suche nach der Gerechtigkeit Gottes. In einer Ecke meiner Hölle werde ich diesen Mann wiederfinden: Unter seinen Küssen werde ich von neuem meine Freude herausschreien. Dann wird er mich verlassen: Er wird ausziehen, um eine Provinz des Todes zu erobern. Da die Zeit das Blut der Lebenden ist, muß die Ewigkeit das Blut der Schatten sein. Meine Ewigkeit wird mit dem Warten auf seine Rückkehr verrinnen, so daß ich bald das bleichste aller Phantome sein werde. Dann wird er wiederkommen, um mich zu höhnen: Er wird vor mir seine gelbe türkische Hexe streicheln, die es gewohnt ist, mit den Knochen der Gräber zu spielen. Was tun? Man kann schließlich nicht einen Toten umbringen.

Nicht mehr geliebt werden, heißt unsichtbar werden. Du bemerkst nicht mehr, daß ich einen Körper habe.

Zwischen dem Tod und uns steht oft weiter nichts als ein einziger Mensch. Würde dieser Mensch weggenommen, bliebe nur noch der Tod.

Wie fade wäre es gewesen, glücklich zu sein!

Ich habe jede meiner Vorlieben dem Einfluß von Zufallsbekanntschaften verdankt, so als könnte ich die Welt nur akzeptieren, wenn menschliche Hände sie mir vermitteln: Von Hyazinth stammt die Vorliebe für Blumen, von Philipp die Vorliebe für Reisen, von Zölestin die Vorliebe für die Medizin, von Alexis die Vorliebe für Spitzen. Warum nicht von dir die Vorliebe für den Tod?

Sappho
oder
der Selbstmord

In den Spiegeln einer Künsterloge habe ich soeben eine Frau namens Sappho gesehen. Sie ist bleich wie der Schnee, wie der Tod oder das helle Gesicht der Leprakranken. Ihre Blässe verbirgt sie unter Schminke, so daß sie wie die Leiche einer ermordeten Frau aussieht, deren Wangen ein wenig von ihrem eigenen Blut gefleckt sind. Ihre tiefliegenden Augen entziehen sich dem Tageslicht, weit von den Wimpern getrennt, deren Schatten sie nicht einmal mehr erreichen. Ihre langen Locken fallen in Büscheln, wie die Blätter der Wälder in vorherbstlichen Stürmen; jeden Tag reißt sie sich neue weiße Haare aus, und diese bleichen Seidenfäden mehren sich so rasch, daß sie daraus bald ihr Leichentuch wird weben können. Sie weint ihrer Jugend nach wie einer Frau, von der sie verraten wurde, sie weint ihrer Kindheit nach wie einem Mädchen, das sie verloren hat. Sie ist mager: Zur Stunde des Bades wendet sie sich vom Spiegel ab, um nicht ihre traurigen Brüste sehen zu müssen. Mit drei großen Koffern voll falscher Perlen und Vogelfedern irrt sie von Stadt zu

Stadt. Sie ist Akrobatin, so wie sie in alten Zeiten Poetin war, da die besondere Form ihrer Lungen sie zu einem Beruf zwingt, der in halber Himmelshöhe ausgeübt wird. Die Zirkustiere verschlingen sie mit den Augen, wenn sie Abend für Abend auf engem, von Rollen und Masten angefülltem Raum ihre Sternenflüge vollführt. Ihr Leib, der an der Wand klebt, von den Lettern der Leuchtschriften kleingehackt wird, gehört zu jener Gruppe von modischen Gespenstern, die über den grauen Städten schweben. Sie ist magnetisch aufgeladen, zu beflügelt für den Boden, zu fleischlich für den Himmel, und ihre mit Wachs eingeriebenen Füße haben den Pakt gebrochen, der uns an die Erde bindet; der Tod, der unter ihr seine Tücher schwingt, um sie schwindelig zu machen, kann ihre Augen nicht trüben. Von ferne sieht sie in ihrer mit Sternenpailletten besetzten Nacktheit wie ein Athlet aus, der nicht Engel sein will, um seine Salti Mortali nicht abzuwerten; aus der Nähe wirkt sie in ihren langen Morgenröcken, die sie wieder mit Flügeln versehen, wie jemand, der sich als Frau verkleidet hat. Nur sie allein weiß, daß ihr Herz zu schwer und zu groß ist, um anderswo als in einem Busen Platz zu finden, der um Brüste erweitert ist: Dieses tief in einem Knochenkäfig verborgene Gewicht verleiht jedem ihrer Schwünge in die Leere den tödlichen Geschmack der Unsicherheit. Schon halb verschlungen von diesem mitleidlosen Raubtier, ihrem Herzen, versucht sie sich insgeheim als seine

Bändigerin. Sie ist auf einer Insel geboren, was bereits der Beginn einer Einsamkeit ist: Dann kam ihr Beruf und zwang sie jeden Abend zu einer Art Isolierung in der Höhe; halbnackt, allen Winden des Abgrunds ausgesetzt, liegt sie auf dem Sprunggerüst ihres Sternschicksals und leidet unter dem Mangel an Sanftheit wie an einem Mangel an Daunenkissen. Die Männer ihres Lebens waren nur Stufen, die sie hinaufgeklettert ist, nicht ohne sich die Füße zu beschmutzen. Der Direktor, der Posaunist, der Werbechef haben ihr die gewichsten Schnurrbärte verleidet, die Zigarren, die Liköre, die gestreiften Krawatten, die Lederbrieftaschen, alle äußeren Attribute der Männlichkeit, die Frauen zum Träumen bringen. Nur der Körper junger Mädchen würde weich genug, geschmeidig genug, noch flüssig genug sein, um sich von den Händen dieses großen Engels gängeln zu lassen, der zum Scherz vorgeben würde, sie mitten über dem Abgrund loszulassen: Es gelang ihr nicht, sie lange in diesem abstrakten, allseits von Trapezstangen umgrenzten Raum zu halten: Die Geometrie, die sich in Flügelschläge verwandelt, erschreckte sie alle schnell, so daß sie bald darauf verzichteten, ihr als Himmelsgefährtinnen zu dienen. Sie muß zur Erde herabsteigen, um sich auf gleicher Ebene mit dem Leben der Mädchen zu befinden, einem Leben, das völlig aus Fetzen zusammengestückelt ist, die nicht einmal Windeln sind, so daß die Zärtlichkeit sich wie ein freier Samstag ausnahm, wie ein Urlaubstag, den der Matrose mit leichten Mädchen verbringt. Sie erstickt in diesen Schlafzimmern, die nur Alkoven sind, und mit der Bewegung eines Mannes, den die Liebe zwingt, mit Puppen zu leben, öffnet sie die Tür der Verzweiflung in die Leere. Alle Frauen lieben eine Frau: Sie lieben leidenschaftlich sich selbst, da ihr eigener Körper gewöhnlich die einzige Form ist, der sie Schönheit zugestehen. Die vom Schmerz geschärften Augen Sapphos sehen weiter. Sie verlangt von den Mädchen das, was selbstverliebte, eitle Kokette von den Spiegeln erwarten: Ein Lächeln, das auf ihr eigenes zitterndes Lächeln antwortet, bis der Hauch der immer mehr sich nähernden Lippen das Spiegelbild trübt und das Glas erwärmt. Narziß liebt, was er ist. Sappho betet in ihren Gefährtinnen voll Bitterkeit an, was sie nicht gewesen ist. Und weil sie arm und mit der Verachtung geschlagen ist, die beim Artisten die Kehrseite des Ruhms darstellt, weil ihre Zukunft sich in Aussichten auf den Abgrund erschöpft, liebkost sie das Glück auf dem Leib ihrer weniger bedrohten Freundinnen. Die Schleier der Erstkommunikantinnen, die ihre Seele vor sich hertragen, erwecken in ihr Träume von einer reinen Kindheit, reiner als ihre eigene es war, denn selbst wenn man alle Illusionen verloren hat, schreibt man anderen weiterhin eine sündenlose Kindheit zu. Die Blässe der Mädchen erweckt in ihr die fast unglaubliche Erinnerung an die Jungfräulichkeit. An Gyrinno hat sie den Stolz geliebt und sich dazu erniedrigt, ihr die Füße zu küssen. Die Liebe zu Anaktoria hat sie an den Krapfen Geschmack finden lassen, die man auf Volksfesten mit großen Bissen verschlingt, an den Pferdekarussells der Jahrmärkte, an den Schobern, wo das schöne Mädchen von dem Heu, in dem es lag, im Nacken gekitzelt wurde. An Attys hat sie das Unglück geliebt. Sie ist Attys in einer großen Stadt begegnet, die am Atem der Menge und am Nebel des Flusses erstickte; Attys' Mund schmeckte nach dem Ingwerbonbon, das sie gerade zerkaut hatte; Rußspuren klebten an ihren von Tränen vereisten Wangen; sie lief über eine Brücke, in einem Mantel aus imitiertem Fischotter, mit zerlöcherten Schuhen an den Füßen; ihr junges Ziegengesicht war voll verstörter Weichheit. Zur Erklärung ihrer zusammengepreßten narbenbleichen Lippen, ihrer wie kranke Türkise scheinenden Augen, verfügt Attys in den Tiefen ihres Gedächtnisses über drei verschiedene Berichte, die im Grunde nur drei Gesichter desselben Unglücks waren: Ihr Freund, mit dem sie immer am Sonntag ausging, habe sie verlassen, weil sie sich eines Abends, auf der Heimfahrt vom Theater, im Taxi nicht streicheln lassen wollte; ein Mädchen, das ihr einen Divan in einer Ecke ihrer Studentenbude zum Schlafen überließ, habe sie unter der falschen Anschuldigung davongejagt, sie, Attys, wolle ihr das Herz ihres Verlobten stehlen; und schließlich, ihr Vater schlage sie. Vor allem und jedem hatte sie Angst: Vor Gespenstern, vor Menschen vor der Zahl dreizehn und vor den grünen Augen der Katzen. Der Speisesaal des Hotels blendete sie wie ein Tempel, in dem sie glaubte, nur leise sprechen zu dürfen; beim Anblick des Badezimmers klatschte sie in die Hände. Sappho verschwendet an dieses kapriziöse Kind das Kapital, das sie in ihren Jahren der Geschmeidigkeit und Kühnheit angehäuft hatte. Sie zwingt den Zirkusdirektoren diese mittelmäßige Artistin auf, die nur mit Blumensträußen jonglieren kann. Zusammen ziehen sie über die Zirkusmanegen und Jahrmarktsbühnen aller Hauptstädte, mit der Regelmäßigkeit im Wechsel, wie sie Artistennomaden und traurigen Wüstlingen eignet. In den möblierten Zimmern, in denen sie wohnen, um Attys die Promiskuität der Hotels voll zu reicher Gäste zu ersparen, reparieren sie jeden Morgen die Theaterkostüme und die Laufmaschen ihrer engen Seidenstrümpfe. Von der Sorge um dieses kränkliche Kind, von der Mühe, ihm die Männer, die zu einer Versuchung werden könnten, aus dem Weg zu räumen, hat Sapphos freudlose Liebe unwillkürlich eine mütterliche Form angenommen, als hätten fünfzehn Jahre steriler Wollust es fertig gebracht, ihr dieses Kind zu machen. Die jungen Männer im Smoking, die ihr in den Gängen der Logen begegnen, erinnern Attys an den Freund, nach dessen zurückgewiesenen Küssen sie sich vielleicht nun sehnt: Sappho hat sie so oft von Philipps schöner Wäsche reden hören, von seinen blauen Manschettenknöpfen, von der Bibliothek voller anstößiger Bildbände in seinem Schlafzimmer in Chelsea, daß sie von diesem korrekt gekleideten Geschäftsmann ein ebenso klares Bild gewinnt wie von den paar Liebhabern, die sie aus ihrem eigenen Leben nicht fernhalten konnte: Sie reiht ihn zerstreut unter ihre schlimmsten Erinnerungen ein. Attys Augen nehmen allmählich eine Veilchentönung an; sie holt postlagernde Briefe ab, die sie nach der Lektüre zerreißt; sie scheint seltsam informiert zu sein über die Geschäftsreisen, die den jungen Mann zufällig über ihren Weg, den Weg armer Nomaden führen könnten. Sappho leidet darunter, daß sie Attys nur ein lebensfernes Refugium geben kann, und daß nur die Angst vor der Liebe den kleinen, zerbrechlichen Kopf weiterhin auf ihrer starken Schulter ruhen läßt. Diese Frau, die bitter ist von all den Tränen, die sie tapfer nie geweint hat, erkennt, daß sie ihren Freundinnen nur zärtliche Verlorenheit bieten kann; zu ihrer Entschuldigung sagt sie sich, daß die Liebe in all ihren Formen den Zitternden nichts besseres zu bieten hat und daß Attys, sollte sie von ihr weggehen, anderswo kaum zu mehr Glück gelangen würde. Eines Abends kommt Sappho später als gewöhnlich vom Zirkus nach Hause, mit einem Armvoll Blumensträußen, die sie nur aufgehoben hat, um Attys zu schmücken. Die Hausmeisterin macht eine Begrüßungsgrimasse, die anders ist als sonst immer; die Spirale der Treppe gleicht plötzlich den Ringen einer Schlange. Sappho bemerkt, daß die Milchflasche nicht an ihrem gewohnten Platz auf dem Fußabstreifer steht; schon in der Diele wittert sie den Duft von Eau de Cologne und blondem Tabak. In der Küche stellt sie die Abwesenheit einer Tomaten backenden Attys fest; im Badezimmer das Fehlen eines nackten, mit dem Wasser spielenden Mädchens; im Schlafzimmer die Entführung einer Attys, die sich in den Armen wiegen lassen will. Vor dem Spiegelschrank mit den weit geöffneten Türen beweint sie die verschwundene Wäsche des geliebten Mädchens. Ein blauer, auf den Boden gefallener Manschettenknopf weist auf den Urheber dieses Weggangs, an dessen Endgültigkeit Sappho nicht glauben will, aus Angst, daran sterben zu müssen. Sie zieht wieder allein von Stadt zu Stadt und sucht gierig in jeder Loge ein Gesicht, das ihr Wahn allen Körpern vorzieht. Nach ein paar Jahren führt sie eine ihrer Levante-Tourneen wieder nach Smyrna; sie erfährt, daß Philipp dort eine Manufaktur für Orienttabak leitet; er hat soeben eine imposante und reiche Frau geheiratet, die nicht Attys sein kann: Es heißt, Attys habe ein Engagement in einer Tanzgruppe angenommen. Sappho klappert die Hotels der Levante ab, in denen die Portiers ihre jeweils ganz spezielle Art der Unverschämtheit, Schamlosigkeit oder Unterwürfigkeit praktizieren; die Vergnügungsstätten, wo der Schweißgeruch die Parfumdüfte vergiftet, die Bars, wo eine Stunde der Verblödung im Alkohol und in der menschlichen Wärme keine weitere Spur hinterläßt als das Rund eines Glases auf einem schwarzen Holztisch; sie durchsucht sogar die Asyle der Heilsarmee, in der immer vergeblichen Hoffnung, eine verarmte Attys wiederzufinden, die sich lieben ließe. In Stambul sitzt sie jeden Abend zufällig an einem Tisch zusammen mit einem nachlässig gekleideten jungen Mann, der sich als Angestellter eines Reisebüros ausgibt; seine ein wenig schmutzige Hand stützt träge die Last seiner traurigen Stirn. Sie wechseln einige jener banalen Worte, die zwischen zwei Menschen oft als Brücke zur Liebe dienen. Er sagt, er heiße Phaon und er gibt vor, der Sohn einer Griechin aus Smyrna und eines Matrosen der britischen Flotte zu sein: Sapphos Herz schlägt rascher bei diesem köstlichen Akzent, den sie so oft auf Attys' Lippen geküßt hat. Er besitzt Erinnerungen an Flucht, Elend und Gefahren die nichts mit Kriegen zu tun haben, sondern auf geheimnisvolle Weise eher den Gesetzen ihres eigenen Herzens ähneln. Auch er scheint einer bedrohten Rasse anzugehören, der eine prekäre und immer provisorische Nachsicht erlaubt, am Leben zu bleiben. Dieser junge Mann ohne Aufenthaltserlaubnis hat seine ganz besonderen Sorgen: Er ist Schmuggler, Morphiumhändler, vielleicht sogar Agent der Geheimpolizei; er lebt in einer Welt des Getuschels und der Losungsworte, zu der Sappho keinen Zutritt hat. Er braucht ihr seine Geschichte nicht zu erzählen, um zwischen ihnen eine Bruderschaft des Unglücks herzustellen. Sie gesteht ihm den Grund ihrer Trä-

nen; sie spricht ihm endlos von Attys. Er glaubt, sie
kennengelernt zu haben: Er erinnert sich vage, in
einer Schenke von Pera ein nacktes Mädchen gesehen zu haben, das mit Blumen jonglierte. Er besitzt
ein kleines Segelboot, mit dem er an Sonntagen auf
dem Bosporus spazierenfährt; zusammen suchen sie
in allen altmodischen Cafés an den Ufern, in den Re-
staurants der Inseln, in den Familienpensionen der
Küste Asiens, wo ein paar arme Ausländer beschei-
den leben. Im Heck sitzend betrachtet Sappho das
schöne, im Licht der Laterne schwankende Jung-
männergesicht, das jetzt ihre einzige menschliche
Sonne ist. Sie findet in seinen Zügen gewisse Merk-
male wieder, die sie einst an dem flüchtigen Mädchen
geliebt hat: Der gleiche schwellende Mund, den eine
geheimnisvolle Biene gestochen zu haben schien, die
gleiche kleine harte Stirn unter immer anderen Haaren, die diesmal wie in Honig getaucht aussehen, die
gleichen, wie zwei trübe Türkise wirkenden Augen,
die jedoch statt in ein fahles, in ein gebräuntes Gesicht gefaßt sind, so daß das bleiche, braunhaarige
Mädchen nur ein simpler Wachsabguß dieses Gottes aus Bronze und Gold gewesen zu sein scheint.
Die erstaunte Sappho findet allmählich mehr Geschmack an diesen Schultern, die starr sind wie die
Stange des Trapezes, an diesen Händen, gehärtet von
der Handhabung der Ruder, an diesem ganzen Körper, der gerade noch so viel weibliche Zartheit be-
wahrt, daß sie ihn lieben kann. Sie liegt im Boot und

überläßt sich dem Pulsschlag der Fluten, die ihr Fährmann teilt. Sie spricht ihm nur noch von Attys, um ihm zu sagen, daß das verlorengegangene Mädchen ein weniger schönes Abbild seiner selbst ist: Phaon akzeptiert diese Huldigungen mit einer ängstlichen Freude, in die sich Ironie mischt. Sie zerreißt vor ihm einen Brief, in dem Attys ihre Rückkehr ankündigt, und dessen Absendeadresse sie nicht einmal gelesen hat. Er sieht ihr zu mit einem schmalen Lächeln auf den zitternden Lippen. Zum ersten Mal vernachlässigt sie die Disziplin ihres strengen Berufes; sie unterbricht ihre Übungen, die jeden Muskel unter die Herrschaft der Seele stellten; sie dinieren zusammen; sie ißt – bei ihr etwas Unerhörtes – ein wenig zu viel. Sie kann nur noch einige Tage bei ihm in dieser Stadt bleiben, aus der sie Verträge verjagen, kraft derer sie unter anderen Himmeln schweben muß. Endlich willigt er ein, mit ihr diesen letzten Abend in der kleinen Wohnung zu verbringen, die sie am Hafen gemietet hat. Sie sieht zu, wie dieses Wesen, das einer Stimme gleicht, in der hohe und tiefe Töne sich mischen, in dem überladenen Zimmer herumgeht. Mit unsicheren Bewegungen, so als fürchte er, eine zerbrechliche Illusion zu zerstören, neigt Phaon sich über die Bilder von Attys. Sappho setzt sich auf den Wiener Diwan, der mit türkischen Stickereien bedeckt ist; sie preßt das Gesicht zwischen die Hände, als bemühe sie sich, die Spuren der Erinnerung aus ihm zu tilgen. Diese Frau, die bis jetzt die Wahl, das Angebot, die Verführung, den Schutz ihrer zarten Freundinnen auf sich nahm, entspannt sich und läßt sich endlich vom Gewicht ihres eigenen Geschlechts und ihres eigenen Herzens träge in die Tiefe ziehen, glücklich, weil sie von nun an bei einem Liebhaber nur noch die Geste des Einverständnisses zu machen braucht. Sie hört den jungen Mann nebenan im Schlafzimmer herumstreichen, wo die Weiße eines Bettes sich wie eine Hoffnung breitet, die trotz allem wunderbar offen geblieben ist; sie hört, wie er Flakons auf dem Toilettentisch aufmacht, mit der Sicherheit eines Einbrechers oder eines vertrauten Freundes, der sich zu allem berechtigt glaubt, hört, wie er in den Schubladen herumstöbert und schließlich die beiden Flügel des Schrankes öffnet, wo ihre Kleider wie Erhängte aufgereiht sind, zusammen mit einem Flitterkram, der ihr von Attys geblieben ist. Plötzlich nähert sich geisterhaft ein seidiges Geräusch, wie eine Liebkosung, die aufschreien lassen könnte. Sie steht auf, dreht sich um: Das geliebte Wesen hat sich in einen Morgenrock gehüllt, den Attys zurückgelassen hat: Der Musselin auf der nackten Haut betont die fast weibliche Grazie langer Tänzerbeine; ohne seine strenge Männerklei-dung ist dieser biegsame und glatte Körper fast ein Frauenleib. Als Transvestit, der sich in dieser Rolle wohl fühlt, ist Phaon nur noch ein Surrogat der schö-nen abwesenden Nymphe; was da mit dem Lachen einer Quelle auf sie zukommt, ist wiederum ein Mädchen. Sappho läuft kopflos zur Tür, flieht vor diesem fleischgewordenen Gespenst, das ihr nur die gleichen traurigen Küsse geben kann. Sie läuft die mit Schutt und Abfall übersäten Straßen zum Meer hinunter, kämpft sich durch die Brandung der Körper. Sie weiß, daß keine Begegnung ihr Rettung bringen wird, denn wo immer sie auch hingeht, kann sie nur Attys wiederfinden. Dieses überwältigende Gesicht versperrt ihr alle Wege, die nicht im Tod enden. Der Abend dämmert wie eine Müdigkeit, die ihr das Gedächtnis trübt; ein wenig Blut zeichnet den Westen. Plötzlich hört sie die Trommeln, als schlage das Fieber in ihrem Herzen einen Wirbel: Unwillkürlich hat sie eine alte Gewohnheit wieder zum Zirkus geführt, zur Stunde, da sie jeden Abend mit dem Engel der Höhenangst kämpft. Ein letztes Mal berauscht sie sich an dem Raubtiergeruch, der sie ihr ganzes Leben begleitet hat, an der Musik, die gewaltig und verstimmt ist wie die der Liebe. Eine Garderobiere öffnet Sappho die Loge der Todeskandidatin: Sie entkleidet sich wie zu einem Opfergang; sie reibt sich mit einem fettigen Weiß ein, das sie bereits jetzt in ein Gespenst verwandelt; hastig legt sie sich die Kette einer Erinnerung um den Hals. Ein schwarzgekleideter Manegendiener gibt ihr das Zeichen zum Auftritt: Sie klettert die Strickleiter zu ihrem himmlischen Galgen hiauf: Sie entflieht nach oben der Lächerlichkeit, der sie ihr Glaube an die Existenz eines jungen Mannes preisgegeben hat. Sie entwindet sich der Marktschreierei der Limonadenverkäufer, dem herzzerreißenden Lachen der rosigen kleinen Kinder, den Ballettröckchen der Tänzerinnen, den tausend Maschen der menschlichen Auffangnetze. Sie schwingt sich mit einer Hüftbewegung auf den einzigen Stützpunkt, den ihr die Liebe zum Selbstmord zugesteht: Die über der Leere schwingende Trapezstange verwandelt dieses Wesen, das es müde ist, nur zur Hälfte eine Frau zu sein, in einen Vogel. Sie schwebt an einem Fuß hängend vor den Augen des Publikums, das nicht an das Unglück glaubt. Ihre Geschicklichkeit steht ihr im Wege: Trotz all ihrer Anstrengungen gelingt es ihr nicht, das Gleichgewicht zu verlieren: Der Tod, dieser zwielichtige Reitlehrer, setzt sie am nächsten Trapez wieder in den Sattel. Sie steigt schließlich über den Lichtkreis der Lampen hinauf: Die Zuschauer können sie nicht mehr beklatschen, da sie sie nicht mehr sehen. Sie hängt am Tauwerk, von dem das das mit gemalten Sternen tätowierte Gewölbe gehalten wird, und muß, um sich selbst zu übertreffen, ihren eigenen Himmel durchstoßen. Unter ihr ächzen in wirbelndem Schwindel die Seile, die Rollen, die Winden ihres nunmehr bezwungenen Schicksals; der Raum schwankt und schlingert wie auf stürmischer See, das sternenübersäte Firmament schaukelt zwischen den Rahen der Masten. Die Musik dort unten ist nur noch eine große glatte Woge, die alle Erinnerungen abwäscht. Ihre Augen unterscheiden nicht mehr die

roten von den grünen Lichtern; die blauen Scheinwerfer, die über die Menge streichen, heben da und
dort nackte Frauenschultern heraus, die wie weiche
Felsen schimmern. Sappho, die sich an ihren Tod
klammert wie an ein Kap, wählt für ihren Sturz eine
Stelle, wo die Maschen des Netzes sie nicht auffangen
können. Denn ihr Akrobatinnenschicksal füllt nur
eine Hälfte des riesigen Zirkus. Im anderen Teil der
Manege, wo die Clowns auf dem Sand ihre Seehund-
spiele treiben, ist nichts vorgesehen, um sie am Sterben zu hindern. Mit ausgebreiteten Armen, als wolle
sie die halbe Unendlichkeit umfangen, springt Sappho in die Tiefe und läßt nur das Schwingen eines
Seils als Beweis ihres Abschieds vom Himmel hinter
sich. Doch wer sein Leben verfehlt, läuft auch Gefahr, seinen Selbstmord zu verpatzen. Ihr schräger
Fall stößt auf eine Lampe, die einer dicken blauen
Qualle gleicht. Der Aufprall wirft die verhinderte
Selbstmörderin betäubt, aber heil, auf die Netze zu,
in denen Lichtspritzer sich verfangen und verlieren;
die Maschen dehnen sich, ohne unter dem Gewicht
dieser aus den Tiefen des Himmels aufgefischten
Statue nachzugeben. Die Zirkusdiener brauchen diesen Marmorleib, der von Schweiß trieft wie eine Er-
trunkene von Meerwasser, nur noch auf den Sand zu
hieven.

Ich werde mich nicht umbringen. Die Toten sind so schnell vergessen.

Ein Glück baut man nur auf ein Fundament der Verzweiflung. Ich glaube, ich kann mich ans Werk machen.

Man soll niemand die Schuld an meinem Leben geben.

Es geht nicht um einen Selbstmord. Es geht nur darum, einen Rekord zu brechen.

.

Inhalt